不死探偵事務所

―ふし　たんていじむしょ―

Immortal
Detective
Service

縞田理理
◆絵◆如月弘鷹

novel : Riri SHIMADA
illustration : Hirotaka KISARAGI

ギブ&テイク 235　あとがき 254

Immortal Detective Service

CONTENTS

目次 ◆ 不死探偵事務所 7

シモン・セラフィン
金の髪にクリームソーダのような瞳、薔薇色の頬を持つ青年。金持ちマダムのエスコートサービス業で小金を稼いでいたが、組織の依頼で殺しを請け負う。世間知らずでお人好し。
immortal detective service
Character

アンブローズ・ネロ
魔都ホワイトヘヴンで探偵事務所の看板を掲げる。外見は20～40歳の美貌の男性だが、実は百歳を超えているとか魔の法《セレマ》レベル測定不能などの噂を持ち、正体は謎に包まれている。

イラストレーション／如月弘鷹

不死探偵事務所

Immortal Detective Service

1

シモン・セラフィンは魔都ホワイトヘヴン九番街の歩道を肩をいからせて歩いた。

ここホワイトヘヴンが魔都と呼ばれるのは、この街に魔の法《セレマ》が溢れているからだけではなかった。

ホワイトヘヴンは富と欲望の渦巻《うずま》く街、天国と地獄のいずれもが大きく口を開けて待っている街だからだ。

金さえあればここではなんだって出来る。

奇麗な脚を見せびらかして歩く着飾った断髪《だんぱつ》の女たち。りゅうとした身なりの男たち。ポップコーンが弾《はじ》けるような軽い爆音を立てて大通りを走るオートモービル。

摩天楼《まてんろう》は高さと美しさを競《きそ》い合い、消えることのないマジック・ルミナリーが街を地上の銀河のように輝かせる。

だが摩天楼の谷底に蠢《うごめ》くのは輝きの強さと同じだけ濃い闇だ。

人生という名のゲームに負けた敗者はとことん運を吸い取られ、路地裏でボロきれのようにのたれ死ぬか、悪くすると人間以下のものに成り下がる。

自分は、そうはならない。

この街で、いっぱしの男になってやる。

欲しいのは、金と力だ。それさえあれば、この街でもう誰にも踏みつけにされない。

黄金《こがね》と鋼《はがね》の彫刻で縁取《ふちど》られた高級店のショーウィンドウの内側はいまのところシモンには縁のない世界だ。

そのウィンドウに映る自分の姿にちらりと目をやる。

今日の自分はいつもとは違う筈だ——しかしそこに映っているのは見慣れた自分の姿だった。

両手いっぱいに花束を抱えた金髪の若い男。

瞳の色は泡の立つ青いソーダ水にそっくりで、子供の頃に付けられた綽名《あだな》は『クリームソーダ』だった。

瞳だけじゃなく、どこもかしこも甘そうだからだ。

ヴァニラアイスクリームみたいに滑《なめ》らかな肌はもちろんのこと、頬は薔薇《ばら》の花びらみたいだし、額にかかる髪は陽光を溶かし込んだようにきらきらと明るいブロンド。手足は長くほっそりとしなやかで、青い大きな瞳は黄銅色《おうどういろ》のふさふさとした睫毛《まつげ》に縁取られている。

もし、女に生まれていたらさぞかし佳《い》い女だっただろう。女優やモデルにだってなれたかもしれない。

だけど、ぜんぜん男らしくは見えないのだ。

この容姿が役に立つのは女に金をせびるときだ。金持ちマダムが連れ歩くのに見栄《みば》えのいい男が欲しいとき、シモンはぴったりなのだ。シモンの職業はエスコート・サービス業だが、別の言い方をすれば『ジゴロ』ということになる。

そんなジゴロ生活も今日で終わりだ。

組織の殺し屋になる。

それが金もコネも資格もない自分がどうしたら力を手に入れられるか、散々考えて出した結論だった。

なにしろ自分は魔の法《セレマ》の素質が全くないのだ。

一番簡単なセレマ十一級の試験すらパスできなかった。十一級は、小学生のうちに取る奴もいるというのに。この街では、高位のセレマイトであることが上等な人間の証明と考えられている。せめてセレマ七級くらいの資格がないとまともな仕事にありつくのは難しい。

だが、殺し屋に資格はいらない。必要なのは運と度胸だけだ。

組織の殺し屋の良い点は、殺す相手はたいがい対立組織の人間だということだ。罪のない人間、時に女子供を殺して金品を奪う強盗とは違う。いいか悪いかといえば悪いが、最悪ではない。殺す相手も悪い奴なのだから。

上着の膨《ふく》らみにそっと触れる。

ずっしりと確かな鉄の感触は、お守りみたいにシモンに自信を与えてくれた。

こいつが自分を今までと違う人間に変えてくれる。

これから初仕事だ。

ホワイトヘヴン暗黒街の顔役、ニック・スカンデュラの片腕である《剛腕《ごうわん》》ジム・オリファントが自《みずか》らこの銃をシモンに手渡してこう言ったのだ。

――いいか。これはテストみたいなもんだ。こいつで俺のいう奴を殺してこい。そうすりゃおまえさんも立派なスカンデュラ一家の舎弟《しゃてい》だ――

九番街から中央公園《セントラル・パーク》に向かって七十一丁目の角を曲がると、心臓がばくばく鳴った。落ち着かないのは、ポケットに銃を忍ばせているからじゃない。ここがアッパー・ウェストサイドのど真ん中で、金持ちエリアだからだ。

落ち着け。仕事がうまくいったら、そのうちアッパー・ウェストサイドに住める身分になれるかもしれないいじゃないか。いっぱしの男になって、贅沢《ぜいたく》な暮らしを手に入れるんだ……。

ゆっくり息を吸い込み、ビルの石壁にはめ込まれた金ぴかのプレートに目を走らせる。

七十一丁目西一番地、ペルデュラボー・アパートメント。

シモンは首をのけぞらせて他所者《よそもの》を拒絶するような壮麗な石の建造物を見上げた。

オリファントの言葉が耳の中に甦《よみがえ》ってくる。

――そいつは、ペルデュラボーで探偵事務所の看板を上げている。裏の顔はもぐりの魔導師《セレマイト》だ。魔導師の看板が上げられないから探偵を名乗ってるってわけだ――

ペルデュラボー・アパートメントは金持ちエリアのアッパー・ウェストサイドでも指折り豪華な高層建築だった。

高層アパートメントは二つの頂《いただき》を持ち、正面入り口には古代の神殿を模《も》した白い柱が等間隔に張り出していた。その柱の上の三角破風《さんかくはふ》をデザインした部分にA∴A∴という金文字が埋め込まれている。

エントランスの左右には翼のある獣のブロンズ像が鎮座《ちんざ》していて、鋭い眼差しでこの金満家《きんまんか》の神殿に足を踏み入れる者を監視していた。

(怖くないぞ。俺は銃を持ってるんだからな)

翼のある獣を睨み返し、一段ずつ慎重に石段を登る。

石段の上には制服の守衛が立ちはだかっていた。最近はこういう仕事はゴーレムにやらせることが多いが、ここの守衛はゴーレムじゃない。本物の人間の守衛だ。

シモンはピンクの唇の端を柔らかく持ち上げて顔いっぱいに邪気のない笑みを作った。同時に大きな青い目を見開いて守衛をまっすぐ見つめる。

「お花をお届けに来ました」

いかつい守衛は小さく微笑み返して黙ってシモンを通した。

第一関門突破だ。

この笑顔が、何の力もないシモンの唯一の武器だった。シモンには誰も警戒しないのだ。用心深い相手でもシモンの甘い笑顔には疑いを抱かない。《剛腕》ジム・オリファントに見込まれたのも、この砂糖みたいに甘い顔のおかげだった。

顔が写りそうにぴかぴかに磨《みが》かれた大理石の上を歩き、エレベーター・ホールの表示板に目を走らせる。下の方の階には企業名が並び、その上の階は表示がない。居住部分だからだ。

標的の事務所の名は、中途の階を全部すっ飛ばした一番上にあった。

『アンブローズ・ネロ探偵事務所』

ここだ。間違いない。

居住階へのエレベーターは鍵が必要だが、オリファントはそれも用意していた。蛇《じゃ》の道は蛇《へび》ってことだ。

鍵穴に鍵を差し込み、震える手で最上階のボタンを押す。エレベーターはぶうん、と幽《かす》かなうなりを上げて動き出した。

——ネロの奴は二層ペントハウスを所有して下を事務所、上を住居にしている。家族は無しだ。屍《し》用人《ようにん》とゴーレムがいるだけで、人間の事務員もメイドもいない。奴ひとりだ——

屍用人は嫌いだし、屍用人を遣う奴も嫌いだが、他に人間がいないというのは有《あ》り難《がた》かった。間違って女子供を殺すようなへまをしないで済む。

エレベーターがチン、と鳴ってドアの幾何学《きかがく》めいた椰子《やし》の模様が真ん中から右と左に分かれた。着いたのだ。

もう一度ポケットの上から銃に触れて確かめる。

——その銃に装填《そうてん》されているのは魔弾《まだん》だ。プロの魔導師が作った本物のな。絶対外しっこない。おまえさんは、その青いお目々で相手をしっかり見て引き金をひくだけでいい。あとは勝手に弾が標的を追いかけて殺《や》ってくれる——

よし。やるぞ。

左手で花束を抱え直し、『アンブローズ・ネロ探偵事務所』の呼《よ》び鈴《りん》を押す。扉はすぐに開いた。

ポケットにすっと右手をいれ、銃把《じゅうは》をまさぐる。

だが、扉の隙間から顔を出したのは無表情な中年女だった。

(なんで女がいるんだ！　誰もいない筈《はず》じゃなかったのか！)

女は白目と黒目の区別がない使い残りの黒ずんだ蠟燭《ろうそく》のような眼でぼんやりとシモンを眺め、ゆっくりと言った。

「……どなたさまですか」

あ、と思った。屍用人、か……。

外で見かける屍用人と違って臭《にお》わないし、皮膚が崩れたりもしていないが、やはり生きている人間ではない。死体を魔の法《セレマ》で生きているように動かして働かせる《屍用人》だ。

屍用人の女は髪をひっつめにし、黒いお仕着せの上にパリッと糊《のり》の利《き》いた真っ白なエプロンをボタンで留め付けている。目を除けばまるで生きている人間みたいだ。

「アンブローズ・ネロ様にお花を届けに来たんですが、ご在宅でしょうか？　直接渡して欲しいという依頼なんで」

「旦那様は約束のないかたとはおあいになりません」

「でも、どうしても直接お渡ししないと」

「旦那様は約束のないかたとはおあいになりません」

「そこを何とか！」

シモンはとっておきの笑みを浮かべた。屍用人といえど女なんだし、効き目があるかもしれない。

驚いたことに、屍用人の女は当惑したような顔をした。屍用人が当惑した顔をするなんて初めて見た。

「……旦那様は約束がないとおあいにはならない……」

さっきより断定的でなくなっている。もしかしたら、少しガードが弱まったんじゃないか？

「会わない、ってことはご在宅なんでしょう？　花を渡すだけなんで、お願いしますよ！」

「でも……旦那様は……約束……ないと……」

「ねえ、助けると思って！」

そのとき、奥から低い声が響いてきた。

「なにごとだ。ミセス・モロー」

ハッと目をやる。

マホガニーのデスクの前に、黒服の男が立っていた。

その瞬間、頭の中が真っ白になって花を届けに来たという設定はどこかに吹っ飛んでしまった。

「あ……あんたがアンブローズ・ネロ？」

「だとしたらどうだというのだ？」

嘲笑《あざわら》うような口調。

答えを聞くまでもなかった。そこに立っているのは、ジム・オリファントが言っていた通りの男だったからだ。

——奴は、闇だ。人間の姿をした闇そのものだ——

歳は、二十から四十の間の幾《いく》つにでも見えた。

シモンより拳《こぶし》ひとつ分はでかく、がっちりとした筋肉質の身体つきで、脂肪は一グラムだってなさそうだ。黒髪の雄牛《おうし》みたいに見えたし、たぶん雄牛と同じくらい力があるのだろう。

顔だけを見れば、驚くほどの美貌《びぼう》だった。

高い額《ひたい》、太くて真《ま》っ直《す》ぐな鼻梁《びりょう》、固く引き結ばれた鞣皮《なめしがわ》のような唇。その造作は男性向けファッション雑誌の表紙モデルみたいに完璧で、妥協というものが微塵《みじん》もない。

だが、そいつを特徴づけているのはファッションモデル並みの完璧な顔立ちではなく、異様な光を放つ二つの眼だった。深い眼窩《がんか》の奥に潜《ひそ》む切れ長の瞳の色は黒炭の漆黒《しっこく》で、黒であると同時にかんかんに熾《おこ》った炭の内に真っ赤に透ける灼熱《しゃくねつ》の炎の色だった。

地獄の炎というのが本当にあるとしたら、たぶんこんな色だ。

シモンはごくりと唾《つば》を飲み込んだ。

「お花を届けに……」

「おまえがポケットの中に持っているものはなんだ？」

畜生、なんで分かるんだ……！

ポケットに手を突っ込み、拳銃をつかみ出す。

「あんたを地獄に送るものさ！　この弾丸は絶対外さないんだからな！」

「ほう。殺す相手に余計なおしゃべりはしない方がいいぞ」

「黙れ！」

両手で銃を構え、黒い壁のような相手をまっすぐ見据えて引き金を引いた。

カチッ。ドン！　発射の反動と硝煙の匂い。

黒衣の男の身体が後ろに吹っ飛んだ。さらにその身体にむけて引き金を絞る。

カチッ。ドン！　カチッ。ドン！

殺《や》ったか……？

男はマホガニーのデスクにもたれ掛かるように倒れている。黒い染みがゆっくり床に広がった。

（や……殺ったぞ……簡単じゃないか……）

が、そのとき男がぴくりと動いたような気がした。

まだくたばってないのか？　三発もお見舞いしたのに！　確かに命中したはず……。

倒れている男に大股で近づき、銃口《じゅうこう》をこめかみに押しつける。

とどめだ。

引き金にかけた指をゆっくり絞ろうとしたとき、倒れている男が唇を歪《ゆが》めてにやりと嗤《わら》った。

燃えさかる黒炭のような眼がぱちりと見開く。

「……頭はやめてくれないか。髪が焦《こ》げる」

えっ……？

骨張った長い指が恐ろしい力でシモンの手首をつかんだ。ぎりぎりと手首に指が食い込み、手首から先がみるみる真っ赤になってくる。

「畜生！　痛い！　痛い！　放せ！」

「放すと思うか？」

男は、つかんだ手にぶら下がるようにしてむくりと起きあがった。そして茹《ゆ》でたみたいに赤くなったシモンの手から無造作に銃を毟《むし》り取《と》り、脚をひっ掛けてくるりと仰向《あおむ》けに突き転ばした。

あっと思う間もなく胸の真ん中あたりをでかい靴にドカッと踏みつけられる。

重い……！　起き上がれない。岩が乗ってるみたいにびくともしない。みしみしと肋骨《ろっこつ》が悲鳴を上げる。

「あと少し力を入れれば肋骨が折れて心臓に刺さる」

「た……た……たすけて……」

拳銃は男の手の中にある。

男は拳銃のシリンダーを開けて残りの三発の弾丸を掌《てのひら》の上に振り出した。

「魔弾か。少しは知恵が回るようだな」

「た……頼まれたんだ！　あんたに恨みはない……」

「なら、今から怨《うら》め」

胸を踏みつける足にさらに圧力がかかる。みしり、と肋《あばら》が不吉な音をたてた。

「ま、待て！　誰が頼んだか知りたいだろ！　俺を殺したら誰があんたを殺そうとしてるのか分からなくなるぞ！」

「いや、別に。知ってるからな」

「なんだって……？」

「どうせスカンデュラ一家の誰かだろう。おおかたオリファントあたりか……ほう、その顔は、正解

だったか？」

男はシモンを踏みつけたままくっくっくっ、と気味の悪い笑い声を立てた。

「最近、奴の手下を何人かムショ送りにしてやったからな。ムショじゃなく天国に直行した奴もいたが」

仰向けに床に押しつけられたまま何か武器になるものがないかあたりをまさぐる。ぬるぬるした感触が指に触れた。

ぽたり、と生暖かいものが落ちてきて顔を濡らす。手を持ち上げてみえる位置までもってくる。赤い。指先が赤く染まっている。

血……？　血だ……！

床に溜まっているのはこいつの血なんだ……！

黒ずくめの服装だから分からなかった。男は血塗《ちまみ》れだった。血は男の身体を伝い、ぽたぽたと床に滴《したた》り落ちている。

やっぱり魔弾は命中していたのか……！　なのになんでこいつはぴんぴんしてるんだ……？

「何を驚いている。おまえが撃《う》ったんだろうが」

ネロの顔には鮫《さめ》みたいな笑みが貼り付き、唇から皓《しろ》い歯がこぼれていた。

畜生……こんな化け物が相手だなんてオリファントは一言も言わなかったじゃないか……！

思えば旨《うま》過ぎる話だった。何のコネもない若造を殺しひとつで身内に取り立ててやるなんて……。

不意に胸にかかっていた圧迫が消えた。代わりに胸ぐらをつかまれて引きずり起こされる。

「まったく、おまえのせいで服が台無しだ。償《つぐな》って貰うぞ」

「お……俺を殺すのか……？」

「さあな。それはおまえ次第だ。それほど染まっていないことを祈るんだな」

何を言っているのか皆目《かいもく》分からなかったが、その声が地獄の底から響いているようだということは分かった。

男はシモンをぐいと引き寄せ、喉元に顔を近づけた。そのまま匂いをかぐようにゆっくりと頭を動かす。

な……何をしてるんだ……？

逃げ出したかった。だが、動けなかった。まるで金縛りにあったみたいに身体が動かない。触れそうなほど間近にそいつの端整な顔と、燃える黒炭のような二つの眼が見える。

唸《うな》るような、笑うような奇妙な声がそいつの喉の奥から聴こえてくる。

ウーッフゥ……ウウウーッフゥ……ウウウーッフッ……。

何か黒々としたものが男の身体から滲《にじ》み出《だ》し、濃い煙のように空中を漂い、細く纏《まと》まって薄黒い触手のような形をとった。それは枝分かれし、うねうねとうねり、その一本ずつそれぞれがシモンの身体に絡《から》みついた。

なんだこれは！　きもちわるい！

薄黒い触手は皮膚の上を這い回って身体の隙間に忍び入ろうとする。目や鼻や口にもだ。固く目を瞑《つむ》り、唇を閉ざす。それでもぐいぐい押し入ってくる。

厭《いや》だ……出て行け……入ってくるな……！

永遠のような一瞬のあと、ふっ、と圧迫が薄れた。

どうなったんだろう……？　知りたくないような気持ちと、知りたい気持ちが争い、知りたい気持ちが勝った。

薄く目を開けてみる。薄黒い触手のようなものはすっかり消えていた。

ネロが驚いた顔でシモンを見つめている。

「……何故だ？」

「な……何が？」

「いや。なんでもない。こっちの話だ」

演技じゃない。本当に驚いているように見えた。

ネロがいきなり胸ぐらをつかんでいた手を放し、シモンは床に尻餅《しりもち》をついた。立ちあがろうとしたが、がくがく震える手足は床一面の血糊《ちのり》で空《むな》しく滑《すべ》る。男は考え事をするように腕を組んで部屋を歩き回っている。

「……気が変わった。おまえには駄目になった服を弁償してもらうとしよう」

「金なんかないぞ……」

「そうだろうよ。スカンデュラ一家の鉄砲玉をやるようではな。おまえには労働で返してもらう。ミセス・モローは有能だが、人間が必要なこともあるからな」

「俺があんたのために働くと思うのか？」

「おまえの意志など関係ない」

男は皓い歯を見せて笑い、天を仰ぐように両手を高く掲《かか》げて唱《とな》え始めた。

「『我、己《おのれ》の真の意志の命ずるところにおいて自ら求むることを行わん、それが法のすべてなれば』」

誰でも知っている、魔の法を喚起《かんき》する決まり文句だ。

男の手の中に金色に光る輪が現れ、捧《ささ》げ持つような掌の上でぐるぐる回った。

「いけ」

輪は男の手を離れて浮き上がり、回転しながら近づいてくる。

なんだ。なんだ。なんなんだ、これは！

輪が喉元に触れ、そのまま何の抵抗もなくすーっ、と通り抜けて喉首《のどくび》にぴたりと嵌《は》まった。それだけで、別に何も感じない。幻だったのではないか、と思いかけたとき、その輪が絞まり始めた。喉にくい込み、じりじりと締め上げていく。

「く……くるしい……！」

苦しい。息が出来ない……手で喉を掻《か》きむしる。苦痛で眦《まなじり》に涙が滲む。

「ゆるく」

突然息が楽になる。シモンは激しく咳き込み、貪《むさぼ》るように空気を吸い込んだ。指でまさぐると金属のように冷たい感触の輪が首の周りにあるのが分かった。

「分かったか？　それは奴隷《どれい》首輪だ。私に逆らったり逃げ出したりすれば首を絞め上げる」

「……そんなこと……法律違反だ……奴隷首輪は禁止されてるはず……」

男はさも面白そうに笑った。

「おまえが言うのか。サッにたれこんだらどうだ？　頼まれてアンブローズ・ネロを殺しに行ったら奴隷首輪を付けられたと。依頼主が誰か、サッは気にするだろうな」

「畜生！」

ジム・オリファントの名をサッに漏らしたりしたら、今度はこっちが消されてしまうだろう。

「おまえ。名はなんという」

「……シモン。シモン・セラフィン……」

「シモン。おまえには私の従僕《じゅうぼく》として住み込みで働いてもらう。ミセス・モローと一緒にな」

「くそったれ、誰があんたなんかの……」

喉がヒュッ、と鳴った。首輪が絞まり始めたのだ。

苦しい。息が詰まり、気が遠くなっていく。

畜生、畜生……こんな奴の言いなりになるものか……！

「おまえは死ぬまでここで働くんだ」

「畜生……！　死んだっていやだ……！」

すーっと目の前が暗くなって、ブラックアウト。

気がついたら、仰向けに横たわってぼんやりと天井を見上げていた。屍用人の女が黙々と床をモップ掛けしているのが見える。モップを絞るバケツの水は、赤かった。

「学習しろ。おまえは従うしかないのだ」

傷ついた喉でぜーぜーと息を吸い込む。どうやら、そうするしかないらしい……今のところは。

「ヤサはどこだ？」

「東波止場《はとば》の近く……」

「一日やる。明日までに引き払ってこい。明日、この時間までに戻って来ないときは」

アンブローズ・ネロは両手で輪を作り、きゅっと絞めるしぐさをした。

「分かったな？」

◆◆◆

部屋に辿り着くまで生きた心地がしなかった。

服が台無しになったのはネロだけじゃなく、お互い様だったと気付いたのはアパートに戻ってからだ。シャツもズボンも背中側がネロの血で赤く染まっていた。道理で地下鉄の中で誰も近くに寄ってこなかったわけだ。

シモンは血で汚れた服をすべて脱ぎ捨て、ゴミ缶に放り込んだ。二度と着る気がしなかったからだ。

それから共同シャワー室のぬるいシャワーとちびた石鹼で身体を洗った。何度も丹念に洗って、その忌《い》まわしい血を身体から洗い落とし、ようやく人心地がついた。

首の周りには何の違和感もない。

もしかしたら、あの首輪は消えたんじゃないか……？

首輪が消えてなくなっていることを願いながらシャワー室の染みの浮いた鏡の曇《くも》りを拭《ぬぐ》う。

だが、そこに映っているのは首輪を嵌めた自分の姿だった。

畜生……消えてなかった……。

首輪を注意深く観察する。

輪は、ちょっと見にはお洒落《しゃれ》なチョーカー・ネックレスのような感じだった。今はずいぶん緩《ゆる》くなって、前側の弧《こ》がちょうど鎖骨《さこつ》の上に乗っている。表面は滑らかで美しい黄金色の輝きを帯《お》びているが、金じゃない。つけているのをほとんど感じないくらい軽いからだ。

首の周りで首輪をぐるりと一周させてみた。

何度回してみても、どこをどう見ても継ぎ目はない。普通の方法で外すのは無理だ。

くそ。くそ。くそ……！

いったい、どうしたらいいんだ……？

あの化け物のところで一生働かされるなんてまっぴらご免《めん》だ。なんとかこの首輪を外さないことには……一瞬、ボルトカッターで切れないだろうかと考えたが、そんなことをしたら途端に首が絞まるかもしれない。

待てよ。これは魔《セ》の法《レマ》で造られてるんだ。オリファントはネロはもぐりの魔導師だと言ってなかったか……？　もぐりってことは資格を持ってないってことだ。

だったら、資格を持った魔導師になら外せるんじゃないか？

シモンは大急ぎで予備のシャツとズボンを身に着け、ありったけの現金をかき集めてポケットに押し込むとアパートの外階段を駆け降りた。

シュアード・パークから一本路地に入ったところに『リーの魔導よろず相談』はある。

「トニー！　俺だ。いま暇か？」

二人座ったらもう満員という狭苦しい貸しブースでトニー・リーは読んでいた本をぱたりと閉じた。

「見れば分かるだろう。仕事がありそうに見えるか？」

くしゃくしゃの赤毛といつも吃驚《びっくり》しているような丸目玉の魔導師、トニー・リーとは幼なじみだった。

二人とも親兄弟がなく、百五十五丁目の孤児院で育った。どちらも非力な痩《や》せっぽちで、いじめっ子のいい標的だったのも同じ。それで何かとつるんでいたのだが、トニーの方にはシモンと違って魔《セ》の法《レマ》の才能があり、奨学金で魔導高等専門学校に進学《セレマ》してセレマ準二級の資格を取得したのだ。三級からプロの魔導師を名乗れるのだから新卒で準二級は大したものだ。

しばらく大手の魔導事務所で下働きをした後、独立して『リーの魔導よろず相談』を始めたのだが、駆け出しの魔導師にじゃんじゃん依頼が来るほどこの街は甘くない。そういうわけで、トニーはいつシモンが遊びに来てもお茶を挽《ひ》いている。

「相変わらずしけたツラしてんな、トニー」

「それはお互い様だろ。何て顔してんだ、シモン。幽霊でも見たのか？」

「まあ、それに近い」

だらだら血を流しながら自分を踏みつけにした男の顔が思い浮かび、げんなりした。

「頼みがある。これを外して欲しいんだ」

シャツの一番上のボタンを外して首輪が見えるようにする。

「なんだよ。チョーカーが外せないのか？」

「そんな上等なもんじゃない。奴隷首輪だ」

鎖骨の上の黄金の輪を首の周りで一周させる。

「ホントか？　奴隷首輪なんて博物館でしか見たことがないけど、そんな洒落たもんじゃなかったぞ」

「本当だ。逆らうと首が絞まる」

トニーは顔を近づけ、目を細めてまじまじと首輪を眺めた。

「……どこにも継ぎ目がないな」

「だからおまえに頼んでるんだよ、ちゃんと正規の料金を払う」

「正規っつってっても料金表にないからなあ……俺が普段やってるのはゴーレムが崩れないように調整するだとかマジック・ルミナリーの修理だとかだし……ま、とりあえず基本料金だけ貰っとくか。あとは成功報酬ってことで」

シモンはポケットからくしゃくしゃになった一ダレル札を引っ張り出して二人の間のテーブルに一枚ずつ並べた。

「これでいいか」

「ああ。うまくいったら何か奢《おご》れよ」

「おまえなら出来るさ」

トニーはハンガーに掛けてあった銀の星模様のガウンを羽織《はお》り、シモンの方へ右手を開いて差し伸べた。

「『我、己の真の意志の命ずるところにおいて自ら求むることを行わん……』」

シモンはごくりと唾を呑み込んだ。

これでこのいまいましい首輪とオサラバできる……。

「『……自ら求むることを……それが法の……法の……』」

なんだか苦しそうに口ごもる。トニーの顔はトマトみたいに真っ赤だった。

「『……法……の……』」

再び呪文が途切れた。待っていたが、なかなか再開しない。

「トニー？」

「わああああああああああああ！」

トニーは叫び声をあげ、ブースの後ろの壁まで跳びすさった。真っ赤だった顔色は今度は青く変わっている。

「どうしたんだよ！　トニー！」

「……ど、ど、どうしたもこうしたも！　なんだよこれは……⁉　こんな……とんでもない……とんでもない……いったいどこのどいつの仕事なんだよ……⁉」

「もぐりの魔導師だよ。アンブローズ・ネロっていう」

「まさか……ペルデュラボーのアンブローズ・ネロ……？」

「知ってるのか。そのネロだよ」

トニーの丸い眼がさらに真ん丸になった。口がぽかんと開き、口と眼が三つの丸になる。

「無理！　無理無理無理無理！　絶対に無理！　アンブローズ・ネロの術を解《と》くなんて！」

「じゃ、解ける奴を紹介してくれ！　金はなんとかする、二級とか一級の魔導師を……」

トニーは青ざめた顔で首を振った。

「金の問題じゃない。一級だって無理だよ……！　ああ、くそ、シモン、おまえ、なんだってアンブローズ・ネロに奴隷首輪なんかつけられたんだ……？」

「いや……ちょっとしたことでそいつとやりあって、怒らせちまってさ」

自分と違ってトニーはかたぎだから、スカンデュラ一家とか殺しの話とかは耳に入れない方がいい。

トニーは呻《うめ》き声をあげて小さな机につっぷした。

「馬鹿だ……馬鹿だと思ってたけど、おまえ、本当に馬鹿だよ、シモン……」

「馬鹿は分かってるから、三回も言うなよ」

「十回言ったって足りないよ！　アンブローズ・ネロを怒らせるなんて！」

「あいつ、そんなにヤバい奴なのか？」

「いいか、俺が専門学校で学んだ中で、一番大切なことってのは、アンブローズ・ネロには近づくな、ってことだ」

「他に大切なことはないのかよ？」

「他のことは本を読んだって学べるだろ。これは教科書には載ってない話なんだよ」

言いながらケトルをとって小さな硝子《ガラス》のコップに冷めた茶を注《つ》ぎ、一息に飲み干す。

「……噂では、ネロはうちの学校の創立メンバーのひとりってことになってる」

「おまえの学校って、百年以上の歴史じゃなかったか……？」

「そうだよ！　創立百二十年だ。その頃、ネロはこの街で一番力のある魔導師だったって話なんだ」

「それじゃ、あいつは百歳以上ってことか……？」

こくりと頷く。

「いや、どう多く見積もっても四十歳はいってないぞ……？」

ヘタをしたら自分と大差なく見える。二十五とか七とかそれくらいだ。

「だから触っちゃいけないんだよ、百二十年前の魔導師アンブローズ・ネロと、いまペルデュラボーに住んでるアンブローズ・ネロが同一人物だとしたら！」

「名前が同じだけかもしれないじゃないか。ペルデュラボーの奴はもぐりなんだろ？」

「セレマ検定制度が出来たのはうちの学校の第一期生が卒業したときだ。それ以前はなかった。だからネロは検定を受けたことがない。あ、創立メンバーのネロが、ってことだけどさ。奴がもぐりっていうのはそういう意味なんだ。もし検定を受けたとしても、一級以上だとしたら測定できない。いわゆる達人《アデプト》で、０級。測定不能ってことなんだよ」

「そっ……それって、凄いことなのか……？」

「凄いんだ。桁《けた》が違う」

「けどそれだけじゃ百歳を越えてる説明がつかないだろ」

「大昔には、二百歳とか三百歳とかの魔導師はけっこういたらしくてさ。若さを保《たも》つ秘術があったんだ。でも数百年前に術式《じゅつしき》が失われて今では分からなくなってる……公式には」

「じゃ、奴はその秘術を使ってる……？」

「そういう噂だ。若さを保ってるだけじゃなく、ネロは不死身だって噂もある。殺しても死なないって」

それは本当だ。しかし、スカンデュラ一家の殺し屋になりたくてネロに魔弾を撃ちこんだなんて話はトニーにはできないから黙っていた。

「けど、『噂では創立メンバー』っていうのも変じゃないか。創立者ならはっきりしてるだろう」

「公式の記録には残ってないんだ。写真もない。だけど代々の教授陣には綿々とその話が受け継がれてる。トラブルがあって記録が抹消されたんじゃないか、って話なんだよ」

「トラブルってどんなだ？」

「初代校長がネロに殺されたとか、今も校長の幽霊が学内を歩き回ってるとかの学校の伝説」

変な声が漏れた。『あの』アンブローズ・ネロならいかにもありそうな話だ。

「ネロの噂は他にもあるんだ……あいつはある種のヴァンパイアだとか」

「嘘だろ？　昼間から起きてたぞ」

「一口にヴァンパイアっていっても、いろいろあるんだよ。一般人は知らないけどさ。昼間から動けるのもいるし、血を吸わないのもいる」

「それじゃ全然ヴァンパイアじゃないじゃないか」

「精気とか生命力とか、そういうものを吸い取るんだよ。人間や他の生き物から。オド・ヴァンパイアって言うんだ。有名なのは花を枯らす奴だ。ネロもそうやって他人の生命力を喰ってるから歳をとらないんじゃないかって噂……」

聞いているうちにますます目の前に暗雲が垂れ込めてきた。

トニーの話はどれも噂や憶測だけれど、ネロが撃たれても死なないのはこの目で見ている。

不老不死の秘術を使う0級の魔導師だとしても、精気を喰うヴァンパイアだとしても、いずれにしろネロがヤバいことには変わりがない。

「ええと、それから……」

「……おい。他にもまだあるのか？」

「うん。これは最近の話なんだけど、ネロを怨んで殺そうとしたギャングが廃人同然になったって。それも、一人じゃなく何人も」

トニーの口からギャング、という単語が出てきたのでどきりとした。もしかしてオリファントの手下のことか……？

「何があったんだ……？」

「実際に何があったかは分からない。ネロの通報で駆けつけた警察がギャングどもを逮捕したんだけど、みんな魂が抜けたみたいになってたんだって。中にはギャング仲間が話しかけても分からない奴もいるらしい。うちの業界の噂じゃ、あれはネロに精気を喰われたんじゃないか……ってさ」

地獄から響くみたいなネロの声が耳に甦ってくる。

――奴の手下を何人かムショ送りにしてやったからな。ムショじゃなく天国に直行した奴もいたが
――

マジでか……。

もう一つ思い出した。

――おまえのせいで服が台無しだ。償って貰うぞ――

背筋からゾクゾクするような寒気が忍び込んでくる。

あのとき、ネロはあの薄黒い触手みたいなものでシモンの精気だか生命力だかを喰おうとしたんじゃないか……？　そうに違いない。

でも、どうしてか途中で気を変え、喰うのを止《や》めて奴隷首輪をつけたんだ。

何故だ……？　初めは、喰う気満々だったのに。

もしかしたら、あのときネロは腹が空《す》いてなかったんじゃないか……？　オリファントの手下を何人も喰ったのなら。

だからあとで喰うつもりで逃げられないように首輪をつけたのかもしれない。首輪をつけて手近におけばネロはいつでも好きなときにシモンの精気だか生命力だかを喰える。

つまりはお手軽なランチボックスみたいなものだ。

冗談じゃない。奴のランチになんかなってたまるか……！

だけど明日、あいつのところに行くしかない。行かなければ首が絞まる。

「……何か手はないのか？　これが外せなかったら俺は一生あいつの奴隷だ……」

それか、精気を喰われて廃人コースだ。

トニーは万策《ばんさく》尽きたという顔で首を振った。

「悪いが、俺にはどうにもできない。それを外せるのはネロだけだよ。俺に助言《じょげん》できることは、ネロに許してもらえるよう丁重に頭を下げて謝れってことくらいだ」

「たいした助言だよ」

頭を下げたくらいで許してもらえるとは思えない。拳銃で三発も撃ったのだから。


アパートに戻って、狭い室内をぐるぐる歩き回りながら考え続けた。

くそっ、どうしたらいいんだ……。

問題はネロだけではないのだ。オリファントも問題だった。ネロを殺《や》り損《そこ》なったのは、すぐにジム・オリファントに知れるだろう。ネロの奴はぴんぴんしているのだから。

済みません、失敗しました、オリファントさん……なんて言って許してもらうことはできそうにない。子供の使いじゃないのだ。下手をするとイースト川に浮かぶことになりかねない。

だったらどうしたら……？　考えろ、考えろ、シモン！

ネロの奴はやっぱり精気を喰うために手近に置いておくつもりなんだろうか……？

奴はどれくらいの頻度で他人の精気を喰うんだろう。

そんなに頻繁じゃないんじゃないか。しょっちゅうそんなことをしていたら、魔導師連中の噂話くらいじゃ済まなくなるだろう。オリファントの手下を喰ったばかりなら、次にネロが腹を空かせるまでにはまだ時間があるということだ。

だとしたら、明日ネロのところに行ってもすぐには喰われないかもしれない。

不意に名案が降って湧いた。

あいつの家に住み込んで、弱点を探せばいい！

近くにいれば殺す機会はいくらでもある筈だ。ネロを殺せばネロとオリファント、二つの問題が同時に解決する。オリファントから預かった魔弾は取り上げられてしまったが、あれはどうせ効かなかったんだ。他の方法で殺せばいい。すごく明快な解決法じゃないか。

急に気が楽になった。その途端に今日一日の疲労が押し寄せてくる。

シモンは服のまま固いベッドに倒れ込んだ。

明日のことは明日考えることにして、今日は寝よう……。

子供の時からずっとそうしてきた。どんな厭なことがあっても、寝て起きればいつだって気分はよくなったのだ。

そのまま夢も見ずに寝て、目が覚めたとき既に日は高かった。

やばい！　今何時だ？　昨日と同じ時間までに戻らないといけないんだった！

この部屋を借りたとき持ってきたものを大急ぎで箱に詰めて部屋を出た。ついでに鍵を郵便受けにぽとりと落とす。これで大家《おおや》にシモンが出ていったことが分かるだろう。

さよなら、俺の初めての部屋。

この部屋で良い思い出は特になかったけど、年寄りになるまで生きていられたら懐かしく思い出す日も来るかもしれない。

◆◆◆

シモンは両手で箱を抱えたままペルデュラボー・アパートメントを見上げ、ぶるりと身震いした。四十五階建ての壮麗な摩天楼は昨日にも増して巨大に見える。

これは、武者震いだ……。

頭ではそう考えているのに、震えて脚が前にでない。

不意に子供の頃の歯科検診を思い出した。毎年怖くて震え上がったものだが、結局一度も虫歯は発見されなかった。

そうだ。怖いと思うから怖いんだ……怖いと思うのを止《や》めよう。怖いと思わなければ怖くない……。

目を閉じ、胸の中で唱える。

——アンブローズ・ネロなんか、怖くない。怖くない——

なんだかいい感じだ。恐怖感が薄れた気がする。

建物の入り口には昨日とは違う守衛がいる。何と言って通ろうか。今日は花を届けに来たという言い訳は使えない。

「あの……すいません、俺は……」

「ああ、聞いてるよ。ネロさんのとこの新しい従業員ね。来たら鍵を渡すよう言われてる」

「え……？　鍵……？」

「ほい、四十四階用のキーだ。無くさないようにしてくれよ」

なんだか拍子抜けした。まあ、居住階に上るには鍵が必要なわけだけど、ネロに先回りされているようで悔しい。

エレベーターがチン！　と鳴って地獄の入り口の四十四階に到着する。

よし、行くぞ……！

大きく息を吸い込み、『アンブローズ・ネロ探偵事務所』の扉を思い切りよく開けた。

「おい。俺だ！　シモン・セラフィンだ。ご要望に応《こた》えて来てやったぞ！」

広々とした事務所には血の跡はどこにも残っていなかった。あの屍用人の女が磨き上げたのだろう。

部屋の奥のマホガニーのデスクの向こう側にアンブローズ・ネロが座っていて、皓い歯を見せてうっすらと笑った。

「遅かったな。戻ってこないのかと思ったぞ」

肉食獣みたいな微笑に早くも気持ちが挫《くじ》けそうになる。

畜生。ネロの奴、やけに嬉しそうじゃないか。ランチボックスが戻ってきたと思ってるんだろう。

だが、そう簡単に喰われてやるものか。

頭を上げ、ぐい、と胸を反《そ》らせた。

「お……俺は約束は守る男なんだ……！」

「それは殊勝な心がけだ」

ネロの後ろの窓には青空が広がっている。

昨日はそれどころでなかったので気付かなかったが、ここは全く探偵事務所らしくなかった。部屋は見晴らしがいいと言えるほど広く、キングサイズの応接セットが小さく見える。ぴかぴかの床は色違いの大理石が作り上げる幾何学模様だ。

探偵業がこんなに儲《もう》かる筈がない。きっと何かヤバいことで稼《かせ》いでいるのだ。

ネロは昨日より血色がいい。昨日、最後に見たときは大量に血を流したせいか死人みたいな顔色だった。

ファッション雑誌の表紙モデル並みに整った顔は変わっていないが、最初に見たときより禍々《まがまが》しく見える。トニーからいろいろ聞いたからかも知れない。

そしてあの眼。地獄の炎みたいな眼。ゾッとする。

ここ二、三百年くらい誰も見ていないので、ヴァンパイアは死に絶えたのだと言われている。今ではもっぱらいうことをきかない子供を脅《おど》かすのに使われるだけだが、もしかしたら絶滅したのではなくて人間の振りをして社会に紛れ込んでいるのかもしれない。

こいつみたいに。

息を詰めてアンブローズ・ネロをじっと睨んだ。

怖くないぞ。怖くないと思えば怖くないんだからな……。

「……あんた、俺に死ぬまでここで働け、って言ったよな」

「ああ。言ったとも」

「どっちが死ぬまでだ？　俺か？　あんたか？」

ネロはまじまじとシモンを見つめた。唇に浮かんだ薄笑いが次第に大きく広がって鮫の哄笑《こうしょう》になる。

「面白い……！　本当に面白いな、おまえは」

アンブローズ・ネロは腕組みし、あごを上げてこちらを見下ろした。

「では、こうしよう。どちらかが死ぬまで、だ」

「じゃ、俺があんたを殺してもいいんだな」

「おまえが私を、か？」

「悪いか？」

「いや、少しも悪くはないぞ。悪くはないが……」

突然、笑いの発作に襲われたようにネロは声を立てて笑い出した。ライオンが吠《ほ》えるように、心の底から可《お》笑《か》しくてたまらないといったふうに笑い続けている。その声は吹き荒れる冬の嵐よろしく轟々《ごうごう》と事務所内に響き渡った。

くそ、何がそんなに面白いんだ？

ひとしきり笑ったあと、ネロは眦に浮かんだ涙を指の腹で拭った。

「……失礼！　あんまり可笑しかったんでな……殺せるなら殺すがいい。そうすればおまえは自由だ」

「嘘じゃないだろうな……？」

「私も約束を守る男だからな。《大いなる獣666／ト・メガ・テリオン》に誓って私が死ねば首輪の魔力は無効となろう」

「今の、しっかり聞いたからな」

『魔の法』の才も知識もないシモンでも、《大いなる獣６６６／ト・メガ・テリオン》が魔導師にとって大切で、ないがしろにできないものだということくらいは知っている。

「ああ、せいぜい励《はげ》め。期待してるぞ」

ネロはまだ笑っている。

畜生、無理だと思ってるな……今に見てろよ……！

「荷物はそれだけなのか？」

「いつでも身軽に動けるようにしてるんだ」

「結構。ミセス・モロー。こいつを部屋に案内してやれ」

「部屋……？」

「住み込みなら部屋が必要だろう。それともキッチンの隅で寝るか？」

慌てて首を振る。部屋なんて、考えてもみなかった。

「このフロアは仕事用でひとつ上の四十五階が住居だ。そこの客間をひとつ空けてある。好きに使うがいい」

屍用人の女——ミセス・モロー——はシモンの荷物の詰まった箱を軽々と抱えてうねる蔓《つる》のような手すりのついた螺旋《らせん》階段を登り始めた。慌ててあとを追う。

「どうぞこちらです」

シモンは恐る恐る部屋に足を踏み入れた。随分と広い。後にしてきたアパートの十倍くらい。

長いこと使われていなかったらしく、家具には白い布がかけられている。屍用人の女はてきぱきと布を剝《は》ぎ始めた。最初に現れたのはヘッドボードのついたベッドで、ダブルベッドかと思うほど大きかった。続いてオットマンと安楽椅子のセット、色タイル縁の硝子テーブル、古風な花模様のシェードのついたマジック・ルミナリーのフロアスタンド、飴色に輝く象嵌《ぞうがん》細工のドレッサーなどがつぎつぎ姿を現す。

驚いたことに部屋には専用のバスルームもある。ドアノブを回して中を覗くと、真っ白な衛生陶器《とうき》と金の蛇口《じゃぐち》、そしてぴかぴかのタイルの上に鎮座《ちんざ》する金の猫足つきバスタブが見えた。

「ここ……俺ひとり用？」

「はい。この部屋をつかうひとはあなただけです」

「うへええええ……」

パトロンのマダムに連れられて行った高級ホテルを思い出したけど、それよりもずっと豪華で広々としている。

屍用人の女が両手いっぱいに白布を抱えて出て行くと、シモンは安楽椅子に腰を下ろしてみた。椅子はどっしりとした革張りで、つやつやしたニス仕上げの木彫のひじ掛けは優雅な曲線を描き、手を置くとしっくり吸いつくようだ。

座り心地はいい。最高かもしれない。

だけど、最高に落ち着かなかった。

考えてみると、いっぱしの人間になりたい、金持ちになりたい、っていうのは、一つにはこういう部屋で暮らせる身分になりたいってことだったんじゃないだろうか。

いまこの部屋にいるけど、ちっとも嬉しくない。

自分がどんな場所にいるかなんて、本当はどうでもいいことだったんだ。自由でなけりゃ、どんな場所も監獄だ。

そのとき、シモンの目に素晴らしく美しい青が映った。

空だ。壁に大きく取られた硝子窓の向こうに抜けるような青空が広がっている。

こんな空、見たことない。急いで窓の近くに寄った。大窓は嵌《は》め殺《ごろ》しの硝子だが、小窓は斜めに開けられる。小窓を開けると、爽《さわ》やかな風が流れ込んできた。

うわあ、という声が漏れる。

眼下には美しい湖と緑が広がる。

ホワイトヘヴンの肺《はい》と呼ばれる広大な中央公園《セントラル・パーク》にこのビルは面しているのだ。公園の緑は目に染みるようで、その先には紫に霞《かす》む摩天楼群が広がっていた。

畜生、すげえや……。

ネロの奴、こんな景色を独り占めにしていやがったのか。

世の中にこんな凄い景色があるなんて知らなかった。まっとうな暮らしをしていたら、たぶん一生目にすることはないような景色だ。

さっきは目の前真っ暗だと思ったけど、とりあえず今は生きていて、この景色を見ているじゃないか。

生きていればいつか逆転のチャンスだってあるはずだ。ネロの気が変わって首輪を外して貰えるかもしれないし、あいつをぶち殺して自由になれるかもしれない。

そしたらいつか自分の手でこういう暮らしを手に入れるんだ。

2

こうしてネロの奴隷としてペルデュラボー・アパートメント四十五階に住み込むことになったのだが、いざ仕事をするという段になったら出来ることがなかなかみつからなかった。

「おまえ、何ができる?」

「何って……特にはない」

自分には、何が出来るだろう……? 何でも出来るような気がしていたが、改めてそう訊かれると何も思いつかない。

「今までは何をやってたんだ」

「趣味の良い年上女性のエスコート」

「ジゴロか。その甘い顔なら楽に稼《かせ》げたろう。なぜスカンデュラ一家の鉄砲玉なんか引き受けた?

借金でもあるのか」

「そういうわけじゃない。裏社会で名を上げられると思ったからだ」

「確かに私を殺したら名が上がるだろうよ。今まで誰も成功していないからな」

もちろんネロを殺そうとしたのは自分が最初じゃないのだ。オリファントの手下もだし、その前にもあったかもしれない。誰も成功しなかったことを考えるとちょっと暗い気分になった。

「セレマは何級だ?」

「ない。級はもってない」

「十一級もとってないのか?」

シモンは首を横に振った。

「……試験は受けたけど、駄目だったんだ」

「なるほどな。それで鉄砲玉か」

悔しいけど、その通りだ。十級、十一級なんて持ってたって何の役にも立たない。それでも取れなければ無能力者扱いだ。

「オートモービルの運転は?」

「できるわけないだろ」

「料理は?」

「トーストくらいなら……」

「帳簿はつけられるか?」

「……足し算と引き算はできる」

「タイピングはどうだ？」

「一本指タイピング……」

ネロは呆れたように歯の間からシュッ！　と息を吐いた。

「どうやらおまえの頭は帽子の台らしいな」

「こう見えてもけっこう力はあるんだぜ」

「力仕事はゴーレムがする」

それはそうだろう。ゴーレムはそのためにいる。それにあの屍用人《しようにん》の女だってシモンより力があるはずだ。なぜか屍用人は生きている人間より力が強い。

「俺は人間なんだ。屍用人やゴーレムには出来ないことがあるだろ？」

「字は読めるんだろうな」

「馬鹿にするなよ。字くらい読めるさ」

「そうか。ひとつ、おまえに出来そうな仕事を思いついたぞ」

考え込んでいたネロは事務所の壁面に作り付けになっているシェルフの戸をあけた。

「これを整理しろ」

ぎっしり積み上げられた紙の束《たば》から一冊抜き取ってぽん、とこちらに放ってくる。

スクラップ帳だ。変色した紙の束はシェルフの下から上の方まで積み上がっていた。

「ミセス・モローは読んで理解するのが苦手だからな。中を見て内容と年代で分類しろ」

「これ全部……？」

「おまえは一生ここで働くんだ。時間はたっぷりあるだろう。それとも、短い一生の方がいいか？」

「やるよ、やればいいんだろう」

「傷《いた》んでるのは修理しておけよ」

アンブローズ・ネロはくっくっ、と喉《のど》の奥で笑い声をたてた。ひどく楽しそうだ。

「ああ、ひとつ言い忘れていた。奥のコレクション室には入るな。いいな」

螺旋《らせん》階段を登りかけ、ネロはふりむいてそう言い置いた。

畜生、いったい何年分あるんだ……？

シモンは棚の上の方から何冊か抜き取り、来客用のソファにどっかと腰を下ろした。古いスクラップ帳は開くたびにぱりぱりと乾いた音をたてる。

積み上げられた何十冊――もしかしたら何百冊もの――薄手のノートに貼り付けられているのは新聞の切り抜きだった。一つの新聞社だけでなく、ホワイトヘヴンで売られているほとんど全ての新聞の切り抜きがある。

「ええと……これは殺人事件か。こっちは強盗……」

殺人、辻強盗《つじごうとう》、誘拐、放火、銀行強盗、恐喝《きょうかつ》、傷害。

なんだってネロはこんなものをスクラップしているんだろう。探偵業だから？

分類しろっていうのは、事件の種類ごとに分類ということなんだろうな……だが、一冊のスクラップ帳の中に放火と銀行強盗がごっちゃに貼られていたりする。

うんざりした気分で犯罪記事を眺め、ふと思いついた。

これだけ殺人事件の記事があるんだから、この中からネロを殺す方法のヒントが見つかるかもしれない。なにしろスクラップ帳は殺人事件のオンパレードなのだ。

刺殺、毒殺、撲殺《ぼくさつ》、絞殺《こうさつ》、高い所から突き落とす……ありきたりだ。珍しいのでは靴下の中に毒蜘蛛《どくぐも》を入れたとか、時限式ダイナマイトを爆発させたとか、洗面器に顔をつっこんで溺《おぼ》れさせたとかいうのもあったが、現実問題として実行不可能だ。毒蜘蛛なんてどこで手に入れていいか分からないし、ダイナマイトの知識は皆無だ。

だいたい、それでもネロは死なないかもしれない。

「くそ……何か名案はないか……」

魔弾で撃たれても死なない奴を殺すには、普通の方法じゃ駄目だ。奴がトニーの言うオド・ヴァンパイアだとしたら、それを殺す方法を調べる必要がある。しかし、そういうことには疎《うと》かった。魔の法《セレマ》がてんで駄目で毛嫌いしていたからだ。

やっぱり詳しい奴に聞くしかないか……。

不意にぐう、と腹が鳴った。

素晴らしくいい匂いがしたからだ。空っぽの胃袋を刺激する匂い。肉の焼ける匂いだ。この世で一番いい匂いは、肉を焼く匂いに違いない。

匂いは螺旋階段の上、四十五階の方から漂ってくる。ネロの奴の食事か。そういえば、今日はまだ何も喰っていない。

腹が減った……ネロの奴は奴隷にも何か喰わせてくれるんだろうか……。

そのとき、屍用人の女が銀の蓋《ふた》をした皿を手に螺旋階段を下りてきた。

「お食事をお持ちしました」

「俺の?」

「旦那様のごめいれいであなたのお食事をおもちしました」

ネロは奴隷を飢え死にさせる気はないらしい。

銀の蓋を取るとこれ以上ないくらい香ばしい湯気がほんわりと立ち昇った。靴底ほどもありそうなサーロインステーキが、黄色い芥子《からし》を添えられて皿からはみ出しそうに寝そべっている。

表面がこんがり焼けた肉の中はほんのり赤いミディアムレアで、ナイフをいれると溶けた脂《あぶら》がじわりと溢れた。

肉を大きく切って口に運ぶ。歯応《はごた》えのある肉の旨味《うまみ》と、脂の甘味が口いっぱいに広がった。旨い。こんな美味いステーキは生まれて初めてかもしれない。かりかりに焼かれたローストガーリックがさらに食欲をそそってくる。

夢中で喰って、気がついたら付け合わせのニンジンとジャガイモまできれいに平らげていた。ニンジンは臭くなかったし瑞々《みずみず》しくて甘かった。今までに喰った臭くてがりがりのニンジンは何だったんだ。

「これ、あんたが作ったの……?」

「わたくしがあなたの食事をつくりました」

驚いた。屍用人に料理が作れるなんて知らなかった。奴隷の食事がこれなら、ネロは何を喰ってるんだ……？

「ネロの食事も作ったのか？　何を？」

「旦那様のお食事はミディアムレアのサーロインステーキとゆでたニンジンとジャガイモです」

また驚きだ。主と奴隷の食事が同じなのか。もっとも、融通《ゆうずう》の利かない屍用人に別々のものを作らせるより面倒がないんだろうけど。

屍用人の女を――ミセス・モローを見上げた。石膏《せっこう》細工めいた生気のないうりざね顔は、生きていたときはたぶん美人だったのだろう。

普通、屍用人はもっと死んでるように見えるし、ろくに話せないのが多い。だから接客業に屍用人は使えないと言われてるのだが、ミセス・モローはちょっと不自然ではあっても言われたことにはちゃんと受け答えしている。

そのとき階上からネロの声がした。

「ミセス・モロー！　コーヒーを持ってきてくれ」

「はい、ただいまコーヒーをおもちします」

ミセス・モローがシモンが食べ終えた皿を捧《ささ》げ持つようにして螺旋階段を登っていく。

屍用人なのに、自分より有能な気がする。

テーブルの上のスクラップ帳に視線を戻した。

なんとかもう少しやってみるか……。

ちょっとは役に立つところを見せないと、ネロの奴は早々にランチにしてしまおうと考えるかもしれない。


それからシモンは朝から晩までスクラップ帳に取り組んだ。

分類できないなら目次を作ればいいと思いついたのだ。そうすればスクラップを貼り直さなくても何がどこにあるか分かるようになる。

これはミセス・モローには真似できないだろう。

ネロはときどきやってきてはシモンの仕事ぶりを眺めた。

「ほう。目次を作ってるのか」

「そういうこと」

あんたが最初からきちんと分類して貼っていればこんな面倒な目次を作る必要はなかったんだと言いたかったが、それだと仕事もなかったので黙っていることにした。とりあえず仕事があるうちは喰われないだろう。

「励めよ」

ネロは美形の鮫《さめ》みたいに笑った。

畜生、絶対にそのうちぶっ殺してやるからな……。

一週間ほどスクラップの整理をしていい加減うんざりしてきたころ、外出許可が出た。

「シモン。使いに行け」

「外に出てもいいのか……？」

「使いといえば外だろう。ミセス・モローの代わりに買い物に行ってこい」

「なんでミセス・モローじゃなくて俺が行くんだ？」

「彼女に悪さをする奴がいるからだ」

なるほど。よく悪ガキどもは屍用人に落書きを貼り付けたり、足を引っかけて転ばせたりして喜んでいる。屍用人は人間じゃないから、傷つけても器物破損罪にしかならない。

渡されたリストを眺める。

「……一人でこれ運ぶの、無理だぞ」

「どこも馴染みの店だから注文するだけでいい。配達係が持ってくる。支払いはツケだ。伝票を貰っとけ」

あ。そうか。金持ちは持って帰ったりしないんだ。まあ、屍用人とかゴーレムに運ばせるのはあるだろうが。

とにかく、久しぶりに外に出られるのはありがたかった。空気が美味い。外を出歩くのがこんなに気分がいいことだとは知らなかった。

店を訪れてアンブローズ・ネロの使いだと言うと、どこでも驚いた顔をされた。

「へえ！　あの人、ついに人間を雇《やと》ったのか」

「俺の前はいつもミセス・モローが来てたんすか」

「先代の頃からそうだと聞いてるよ」

うへえ。それって何年前なんだ。

リストの店はだいたいロウワー・イーストサイドに集中していた。長く伸ばした舌みたいな形をしたホワイトヘヴン島の舌先にあたる場所で、先週まで住んでいた東波止場《はとば》のアパートにも近い。土地鑑があったから効率良くリストを消化できて、全部終わってもまだ陽《ひ》は高かった。

何時までに戻ってこいとは言われなかったから、今日はこのまま夜までぶらぶらしよう。

しかし、金はないから行く場所は限られている。

結局、東大通り駅まで地下鉄に乗って『リーの魔導よろず相談』のブースを覗いた。

「トニー。俺だ。いま暇か?」

「忙しいように見えるか?」

トニーはケトルに湯を沸かして二人分の茶を淹れた。

「あれからどうしたか心配してたんだ。例の首輪、外して貰えたか?」

「死ぬまで働けってさ」

シャツの襟《えり》を少し開いて首輪を見せる。

「おまえ、相当怒らせたんだな」

それは撃たれれば誰だって怒ると思うが、ネロの怒りは主に服が駄目になったことについてだ。

「あんなヤバい奴だって知らなかったんだよ……」

「けど、こないだより顔色はいいじゃないか」

「まあな」

なにしろ毎日飽きるほど肉を喰っている。育ち盛りの頃にはベーコンの切れ端とオートミールくらいしか喰わせて貰えなかったのに。

「それでアンブローズ・ネロのところで働いてるのか。何をしてるんだ？」

「地上四十四階の眺望絶佳《ぜっか》のペントハウスで朝から晩までスクラップ帳の整理だ」

トニーがぶっ、と吹き出した。

「笑い事じゃないぞ。何十年分もあるんだ」

「わるい。で、アンブローズ・ネロってどんな奴？」

「おまえの方がよく知ってるんじゃないのか？　業界人なんだろう？」

「よしてくれよ。俺はただの駆け出し魔導師だよ。ネロは歩く伝説みたいなもんだ。どこのコヴンにも属してないし、高位の魔導師連中ともつき合ってない。だからネロをホントに知ってる奴はほとんどいないんだ」

トニーは好奇心で顔をてかてかさせて言った。

「なぁ、背が七フィートもあるって本当か？」

「まさか。俺よりでかいけど、六フィートちょいだろう」

「顔は？　直視できないような恐ろしい顔だとか」

「直視できないというより見るのが厭《いや》になるくらい美男だ」

「えーっ、美男なのか……じゃ、女性関係は？」

「俺が知る限りないな。生きてる女は見たことがない」

「男性関係……とかは……？」

トニーが上目遣いにこっちを見る。

「馬鹿野郎、変なこと考えるんじゃねえぞ！」

「あ、いや。おまえってほら、奇麗過ぎるからさ」

「よしてくれ。俺は違うって知ってるくせに」

しかしネロがそういう嗜好《しこう》の持ち主じゃなくてよかったとは思う。奴には絶対に逆らえないからだ。

「なんか噂とは違うなあ……。結局、アンブローズ・ネロはどういう男なんだ？」

「どうって言われても……同じアパートメントで寝起きしてても、あんまり顔を合わせてないんだ。二フロアあって馬鹿みたいに広いし、用があるときは屍用人を使うし」

毎朝、ミセス・モローに起こされている。屍用人だけに一かけらの情も容赦《ようしゃ》もなくシーツを剝《は》いでいく。

「まあ、性格が悪いのは、確かだな」

スクラップ帳を押しつけたときの、あの鮫みたいな微笑。あれは絶対楽しんでいるのだ。

「トニー。あいつが本当にオド・ヴァンパイアとかいう奴なのかどうか、確かめる方法はないのか？」

「まあ、いろんな説があるけど。ニンニクに弱いって説は有力だ。ニンニクを嫌うようなら怪しいと思う」

「奴は毎日ニンニクたっぷりのステーキを喰ってるぞ」

「うーん……まあそういう奴もいないとは言い切れないな。流れる水を渡れないという説も……」

「どうやってホワイトヘヴンに来たんだよ」

「あ。そうかあ……」

ホワイトヘヴンは島だ。二つの河の河口《かこう》に挟まれている。陸地とホワイトヘヴンをつなぐ橋はたくさんあるが、水の上を全く通らずにはホワイトヘヴンに入ることは出来ない。

「それじゃオド・ヴァンパイアを殺す方法ってあるのか?」

「サンザシとかトネリコの生木《なまき》が効くって説があるけど、試した奴はいない。いや、試した奴が生き残らなかったのかもしれないんだけどさ。銀の弾丸が有効だという説と、銀は効かないという説があって対立している。あと、薔薇《ばら》の枝で殺せるという説と、薔薇は好物だという説が……」

聞いているうちに、うんざりしてきた。

「学説はもういいよ。俺はおまえの意見が聞きたいんだ。トニー、おまえはどう思う? あいつはヴァンパイアなのか、そうじゃないのか」

「ううーん、それなんだけど……」

トニーは言いにくそうに口ごもった。

「……俺、気になってあれからちょっと調べたんだ。例のネロに関わったギャングが廃人になったって話」

「なんか分かったのか?」

「五年くらい前に女性ばかり七人も殺された連続殺人事件があったの、覚えてるか?」

「あー……そういやあったな。それがどうかしたのか」

「容疑者は捕まったんだけど、腕利きの弁護士がついて裁判で無罪になったんだ」

「無罪だったのか？　七人殺して？」

「そう、無罪。問題はそのあとなんだ。そいつが無罪放免になったあとしばらくして何かがおきた。そいつは、魂が抜けたみたいな状態で発見されて、その後は病院暮らし」

「待てよ。その容疑者とネロは関係があったのか？」

「それがさ……その事件の捜査を依頼されてた探偵というのが、どうもネロらしいんだ」

思わず唸《うな》り声が出た。やっぱり奴なのか……。

「……そういうことを考え合わせると、ネロは限りなく黒に近い灰色だと思う……」

というか、真っ黒だ。あいつは人間社会に紛《まぎ》れ込んだヴァンパイアだ。そうやってときどき人間の精気だか生命力だかを喰って百年以上生き延びているんだ。

最悪の情報を聞いて、かえって吹っ切れた気分になった。

「そうか……それは悪い情報といい情報だな」

「どういう意味だよ、シモン」

「悪い情報は、ネロがマジでヴァンパイアらしいってことだ」

「いい情報は？」

「前回が五年前で、最近またギャングを喰ったんなら、次は五年後かもしれないってことだよ。五年もあれば、その間に首輪を外せるかもしれないだろ」

「でも、表沙汰になってないだけで、他にもネロの犠牲者がいたかもしれない。この件は有名な連続殺人事件だったから容疑者のその後の話が新聞種《だね》になったんだ」

「よしてくれよ！　せっかく希望が見えたってのに」

おもわず頭を抱え込む。

「あ、ごめん……」

「くそ……このままじゃ、いつかあいつに喰われちまう……なんとかしてあいつを倒す方法を見つけなきゃ……」

トニーは困ったような顔で黙りこんでいる。

しばらくして再び口を開いたとき、トニーの口調はいつもとちょっと違っていた。

「……これ、話そうかどうか迷ったんだけどさ……やっぱり話すよ。だけど、俺から聞いたってことは、誰にも言わないで欲しいんだ……」

「おまえがそう言うなら、誰にも言わないさ」

「頼むからそうしてくれ。ひとつ秘策《ひさく》があるんだ。ネロが0級の魔力を持った百歳越えのヴァンパイアだと仮定する。ヴァンパイアはほとんど不死身なんだけど……」

「ほとんど、ってことは完全にじゃないってことか……？」

「そうだ。勝つ可能性があるとしたら、信仰の力だよ。ヴァンパイアは信仰心に弱いっていうのは、どの魔導研究者の意見も一致している。本当にあいつがヴァンパイアだとしたら、信仰の力には勝てないはずだ」

「俺が不信心なの、知ってるだろう」

トニーは、ごくりと唾《つば》を呑み込んだ。

「だから、他の奴の信仰心を借りるんだ」

◆◆◆

ペルデュラボー・アパートメントに戻ったときにはすっかり日も暮れていた。

事務所に入っていくと、来客用のソファで待ちかまえていたネロが鮫みたいに笑った。

「遅かったな。戻ってこないかと思ったぞ」

「知らない店ばっかりだったんで、探すのに手間取って……」

「のろまめ。ミセス・モローより遅いんじゃないか」

シモンはそっと上着の脇の膨《ふく》らみに触れた。

ネロは気付いてない。魔弾《まだん》を籠《こ》めた銃をポケットに隠して持ち込んだときにはすぐに気付いたのに。

「ミセス・モロー、食事の支度をしてくれ。二人分だ」

「はい、わたくしは二人分の食事の支度をします」

ネロはこちらに背を向けている。

上着の内側に手を伸ばし、ミセス・モローが螺旋階段を登って四十五階に姿を消すのを待つ。

「ああ、外で何か食ってきたんじゃないだろうな。ミセス・モローは途中で注文を変えられない……」

ネロがこちらを振り向きかけた。今しかない。

シモンは隠し持っていた杭《くい》――先を尖《とが》らせた細い木の棒を引き抜き、両手で握りしめ、そのままネロに向かって突進した。

「死ね！」

ずぶり、と突き刺さる感触。

やった……！

トニーの震え声が脳裏《のうり》に甦《よみがえ》ってくる。

――ヴァンパイアは、信仰の力に弱い。長い時間、人々の祈りの場にあったものには、聖別《せいべつ》された道具と同じで邪《よこしま》なものを退《しりぞ》ける力が宿るんだよ――

「シモン、やってくれたな……！」

「どうだ？　ネロ、聖別された木の杭だ！」

これがトニーの秘策だった。教会は魔除《まよ》けに聖別された銀の道具を売っているけれど、高価で貧乏人には手が出ない。

トニーは、教会のベンチの板にも同じ力が宿ることを教えてくれた。シモンはそれから教会に行ってこっそりベンチの板を剝《は》ぎ、削《けず》って即席の杭をつくったのだ。

地獄の炎を宿したみたいな眼がぎろりと動いてシモンを見下ろす。

「聖別された木だと？　どこから持ってきた？　教会か？　この罰当《ばちあ》たりめ！」

ネロの手が胸ぐらをつかんだ。そのまま宙に吊り上げる。足が床から離れ、シモンはじたばたもがいた。

「は……放せ！」

「ひとに杭を刺しながら言うことか？　ああ？　これでもこっちは痛いんだぞ？」

シモンを宙づりにしたまま、もう片方の手で刺さった杭をつかんで引っこ抜いた。トニーが良心と引き換えにして教えてくれた秘策を。

杭を抜いたところから勢いよく血が吹き出し、絵の具をまき散らすように応接セットの上に飛び散る。だがもうそれ以上流れ出なかった。

「教会の会衆席《かいしゅうせき》の横板《よこいた》を削って先を尖《とが》らせたのか。なるほど考えたな」

「……なんで死なないんだよ？　ヴァンパイアは聖別された道具で倒せるはず……」

「私がヴァンパイアだと思ったか。誰の入れ知恵だ？」

「お、俺の考えだ。板は俺が教会から盗《と》ってきたんだ」

「嘘をつけ。おまえの頭で考えつくことじゃない。誰か詳しい奴に聞きに行ったんだろう。それで帰りが遅くなった。ちょっとは知恵が回るようだな。褒《ほ》めてやるぞ」

「違う！　誰にも聞いてない！　俺が考えた！」

「ほう。庇《かば》うんだな。つまりスカンデュラ一家お抱えの魔導師じゃないということか」

口を閉ざしたまま横を向いた。

トニーのことは、死んでも話さない。約束したのだから。優等生のトニーが教会のベンチを盗むなんて大それたことを教えたのだ。トニーには返せないほどの恩義がある。

トニーには絶対これ以上迷惑をかけない。死んでもだ。

「俺を殺せばいいだろう。さあ、殺せ！　そのための首輪だろう！」

「何を勘違いしている。ト・メガ・テリオンに誓って、殺せるなら殺すがいいと言ったのは私だ。おまえは頑張ったが少しばかり残念だったな。こんなもので私を殺せるなら誰も苦労しない」

　ネロはソファの上にシモンを放り投げた。

「期待していると言っただろう。次はもっと楽しませてくれ」

「……首輪、使わないのか……？」

「絞《し》めて欲しいか？」

　ぶんぶんと首を横に振る。

「とにかくまた服が駄目になった。給料からさっぴくぞ」

「給料なんて払ってないくせに……」

「ああ。そういえばそうだったな。まず払わないとさっぴけないか」

　ネロはデスクの引き出しから小切手帳を取り出した。

「週給、いくら欲しい？」

　耳を疑った。給料、出るのか……？

「さ……二十ダレル……」

「気が小さいな。三十と言おうとして二十に変えたろう」

　図星だ。

「二十五にしておこう。五ダレルは服の弁償代としてそこから天引きするから手取り二十ダレルだ。

言っておくが、今日おまえが駄目にした服は二百ダレル相当だ」

小切手がひらりと落ちてくる。慌てて拾って額面を確かめた。

二十ダレル。ネロのサインが入っている。本物の小切手だ。

思わずネロの顔を見上げた。

こいつ、いったい何を考えてるんだ……？

たったいま殺そうとした相手に金を払うなんて。だいたい、奴隷に給料を払うものか……？

「あんたは……いったいなんで……なんで……」

「何がだ？」

何が、と言われたら疑問は山ほどある。

なんで撃たれても刺されても死なないんだ？　とか、百歳を越えてるって本当なのか、とか、魔導高等専門学校の初代校長を殺したのか、とか、あんたは精気を吸い取るヴァンパイアじゃないのか……とか。

だけど一番の疑問は、ネロの言葉だった。

（期待していると言っただろう。次はもっと楽しませてくれ）

ネロはいったい俺に何を期待してるというんだ……？

そのとき階上から脂っこい匂いが漂ってきた。ミセス・モローが命じられた通り二人分の夕食を作っているのだ。

「……さて。食事にしよう。ラムが焼き上がる頃合いだ」

ネロはそう言い、血で汚れた来客用のソファと硝子テーブルに目をやった。

「ここは後でゴーレムに片づけさせる。シモン、今日は上のダイニングルームで食べろ」

「……あんたと一緒に？」

「そうだ。それともここで食べるか？」

どっちも厭だ。ネロの血塗《ちまみ》れのソファも厭だし、ネロと一緒に食うのも厭だ。

「その……あんまり食欲が……」

「私の脇腹に穴を空けたから食えないというわけか？　穴を空けられた方の私は食うんだぞ？」

シモンはその猛々《たけだけ》しい微笑を眺め、諦めた。これを断るのは不可能だ。

「……上で食うよ」

「よろしい」

四十五階のダイニングルームには長いテーブルがあって、ネロはそのどん詰《づ》まりの席、シモンはその反対側の席だった。距離は離れているけれど、向かい合わせだ。『ランチボックス』と向かい合ってディナーを食べるなんて、趣味が悪過ぎる。

ネロが言った通り、メニューはラムステーキだった。こってりした脂の匂いと、ガーリックとジンジャーの匂い。

普段なら腹が鳴るところだが、食欲はどこかに行ってしまっている。ナイフを入れると、赤い肉汁が流れ出た。さっきの流血が浮かんで、思わずうっ、となる。

「どうした？　ラム肉は好みじゃないか？」

「いや……そうじゃなくて……」

「食わないと冷めるぞ」

ネロは血の滴《したた》る肉をがつがつ口に運び、赤ワインのグラスを空《あ》けた。

なんで流血沙汰のあとで喰えるんだ……？

「ミセス・モロー。シモンにもワインを」

「俺、ワインは飲んだことが……」

「まさか未成年だなんて言うなよ」

「違うよ！　俺は二十だし酒くらい飲めるさ。けど、ワインは飲んだことがないんだ」

「なにごとにも初めてということはある。サンテミリオンの赤だ。仔羊とよく合う」

グラスになみなみと真っ赤な液体が注《つ》がれた。ネロが流した血みたいに暗い赤だ。ネロは面白くて堪《たま》らないという顔でにやにや笑っている。

くそ、飲めばいいんだろ……！

グラスに口を付け、がぶりと飲んだ。渋い。味も匂《にお》いもややこしくて美味いとは思えなかったが、口の中から肉の脂を洗い流すには役立ちそうだ。ガーリックとジンジャーの味も。

「大人しいな、シモン。私を殺すとかいう大口はどうしたんだ？」

「……今日は失敗したけど、いつか成功するさ。なにごとにも初めてってことはあるんだろ」

シモンはグラスの底のワインを一息に飲み干し、顔をしかめた。やっぱり渋い。

ネロは声を立てて笑った。

「楽しみにしているぞ」

それからまた事務所の応接テーブルでスクラップ帳を整理する日々が始まった。違いは、週末に給料が支払われる点だ。しかし、外に出ないので金を使う機会が無い。小切手はドレッサーの引き出しに溜まり始めていた。

トニーが心配しているだろうと思ったが、もう行かないと決めていた。トニーをこれ以上巻き込んでは駄目だ。うっかり行けば後をつけられるかもしれない。ネロは探偵なのだ。もっとも、仕事をしているのは見たことがない。シモンがここに来てから、依頼は一件もなかった。

ネロの奴は事務所にはほとんど来ないが、たまに気がつくと音もなく応接テーブルの前に立っていたりするので油断ならない。

「整理は進んでるか？　シモン」

「着々とね」

「結構！　励めよ」

ネロは楽しげに言い、奥のコレクション室に姿を消した。入るなと言われている部屋だ。

実際には、目次作りはたいして進んでいない。

このところずっとスクラップ帳を整理する代わりに丹念に中身を読んでいる。スクラップされた三面記事はネロが関わった事件かもしれないからだ。

アンブローズ・ネロとはいったいどういう奴なのか。それが知りたかった。もちろん、奴を倒すためにも知ることが必要だが、とにかく奴のことを知りたいのだ。

トニーが言っていた連続殺人事件の記事はスクラップ帳から見つかった。反吐《へど》が出そうな事件だった。七人の女性が惨殺《ざんさつ》死体で発見され、二人が生きたまま救出された。二人は生きているのがやっとという状態で、一生消えない傷を負《お》っていた。

古い記事なのに、読んでいたらひどく腹が立ってきた。

生存者二人が発見された地下室は、第一容疑者が所有する家の敷地内にあったのだ。どう考えても本星《ほんぼし》だったのに、無罪。そんな馬鹿なと思うけれど、警察にいろいろ落ち度があったらしい。

そして名前は伏せられているけれど、行方不明女性の家族が捜査を依頼した探偵というのが、たぶんネロだ。その女性は遺体で見つかっている。

それから、無罪になったあと、魂が抜けたような状態で発見された第一容疑者の写真があった。裁判のときの写真と比べるとまるで別人だ。

これはやっぱりネロの仕業なのか……。

ネロは自分はヴァンパイアじゃないみたいなことを言ってたけど、ヴァンパイアじゃないとしたら奴は何なのか。

オリファントの手下や連続殺人の容疑者は魂が抜けたようになったと言われてる。だけど、実際にどうなったのかはよく分からない。死んではいないんだよな。

ネロはあの薄黒い触手みたいなもので人間から何かを——精気だか生命力だかを吸い取るに違いない。だけど、しょっちゅうじゃないらしいことは分かってきた。

同じような事件はいまのところ見つからないし、ここに来てから一度もあの触手みたいのは見ていない。

五年前のときは、なんで使ったんだろう。オリファントの手下どもは、自分と同じくネロを殺しに来て逆にやられたんだと思うけど……。

そのとき、デスクの上の電話が鳴り出した。

シモンがここに来てから電話が鳴るのは初めてだった。ネロは奥のコレクション室にいるはずだが、出てこない。

「ネロ！　電話鳴ってる！」

電話の呼び出し音は非常ベルみたいに鳴り続けている。

無視したままでいいのか？　それにしてもうるさい。電話なんて持ったことがないが、こんなうるさいとは知らなかった。

ジリリ、ジリリリリリリ……。

ああ、もう我慢できない！

シモンはデスクに駆け寄って金のフックから受話器を持ち上げた。それでうるさい呼び出し音は止まった。だが、今度は受話器から人声が漏れ聴こえてくる。

――もしもし……もしもし……探偵事務所ですか……？――

どうすりゃいいんだ……？　電話の応対なんかしたことないぞ……。

「ネロ！　電話だってば！」

だんだん受話器から聴こえてくるもしもしを無視するのが難しくなってくる。恐る恐る受話器に向かって話しかけてみた。

「……すいません、あの、すぐ来るからちょっと待って……」

そこまで言ったとき、受話器をひったくられた。

ネロだ。

「……断る！　他を当たってくれ」

ネロは受話器に向かって吠《ほ》えるように言い、ちん！　と受話器を金のフックに置いた。にべもない。

「いまの、仕事の依頼だったんじゃ……」

「つまらなそうな事件だ」

「まだほとんど何も言ってなかったじゃないか。なんで聞きもしないで断るんだよ？」

「つまらんに決まっているからな」

それって本当につまらないかどうかは関係なく、断る口実じゃないか？　初めから仕事をする気がないんだ。

「ネロ……あんた、探偵なんだよな？」

「探偵は副業だ」

「じゃ、本業はなんなんだ……？」

「不動産貸しだ。ビルの部屋を貸している。私はペルデュラボー・アパートメントの十%の権利を所有している。ここの共同管理運営委員のひとりだ」

もう驚くこともないかと思ったが、驚いた。

理解の範疇《はんちゅう》を越えている。このビルの十％の経営権を持ってるだって……？

どうりで仕事もしないで優雅な暮らしをしているわけだ。

「ここのほかにも、何軒かの物件を所有して貸しに出している。その賃貸料が主なあがりだ」

「じゃ、なんで探偵なんかやってるんだ？」

「趣味と実益というところだ」

不動産貸しで座ってても使い切れないほど金が入ってくるのに、趣味で探偵業……？

本当にアンブローズ・ネロって奴は分からないことだらけだ。

◆◆◆

それから何日かして、スクラップ帳攻略がだいぶ進んできたころ、ネロは新しい仕事をシモンに言いつけた。

「シモン。おまえは年上の女性の扱いには慣れているんだったな？」

「もちろんさ。俺がエスコート・サービスから姿を消して残念がっているマダムが大勢いるはずだ」

ネロは面白そうに笑った。

「よし。おまえ向きの仕事がある。家賃の集金だ」

「俺、家賃の集金なんてしたことないけど」

「できないのか？　ミセス・モローにだってできるぞ」

「できないとは言ってないさ。初めてだと言ったんだ」

ミセス・モローより下だと思われたら困る。とにかく役に立つところを見せておかないと喰われてしまうかもしれない。

「顧客《こきゃく》の名前はマーシー・ウッド。一人暮らしの老婦人で、脚が少し不自由だ。私の名を出せば彼女はドアを開ける。小切手を受け取り、額面を確認して領収書を渡す。できるか？」

「楽勝さ」

「よし、夜までに帰ってこい。でないと……」

手で作った輪をきゅっと絞めるしぐさをする。

「分かってるよ」

実のところ、外に出られるだけでありがたかった。ついでに銀行に寄って溜まっている給料小切手を現金に引き換えた。なんと百ダレル分あった。五週間あそこにいたわけだ。

ひさびさの自由な空気に気が大きくなり、トニーに会いに行こうかと思ったが、やっぱり止《や》めた。その代わり、電信局からトニー宛てに電報を打った。

——ケイカクシッパイスルモ、ブジ。マダ　アソコデハタライテイル。シモン——

これでいい。これでトニーに自分が無事だと分かるだろう。

ネロに渡された住所はユニオンスクエアの近くの高級住宅街だった。建物は褐色砂岩《かっしょくさがん》の中層アパートメントで、しゃれた張出窓《はりだしまど》や神殿風の飾り柱で古い屋敷みたいに見えるけれど、実は鉄筋コンクリートで中に入ればエレベーターもある。

ネロの奴、ここに何室持ってるんだろう。

七階の部屋の呼び鈴を鳴らして待った。足が不自由な老婦人だから時間がかかるだろうと思ったが、それにしても長い。何度鳴らしても音沙汰《おとさた》無しだ。いい加減待ちくたびれてもう引き返そうかと思ったが、手ぶらで帰ったらミセス・モロー以下だと言われるに違いない。

ドアノブに手をかけてみた。

鍵が開いている。

「ウッドさん？　ええと、アンブローズ・ネロの使いの者です。家賃の集金に来ました」

それでも返事が無い。居るんだよな？

一人暮らしの老婦人に起きがちないくつかのことが思い浮かんだ。

心臓麻痺《まひ》とか……転んだとか……。

「ウッドさん！　入りますよ！」

そう言ってそろそろとドアの内側に足を踏み入れた。毛足の長い絨毯《じゅうたん》がふわりと足を受け止める。

頬に幽《かす》かな風を感じた。窓とカーテンが開いていて、通りの向こうのビルが見えている。

ぐるりと部屋の中を見渡した。毛皮を敷いた安楽椅子。ソファと黒檀《こくたん》のテーブル。レースの掛けられたサイドボード。エナメル細工の白い電話機。東洋の花瓶《かびん》、青銅《せいどう》の女神像。

「ウッドさん……？」

ソファの横に回り込んだとき、黒いストッキングに包まれた棒切れみたいな二本の脚が見えた。

上品な白髪頭の老婦人がテーブルとソファの間にうつ伏せに倒れている。白髪の中に黒っぽい血の塊《かたまり》が見えた。

大変だ……！　きっと転んで頭を打ったんだ……！

「ウッドさん！　ウッドさん！」

屈《かが》みこんで耳の側《そば》で呼んでみたが、ぴくりとも動かない。

どうしたらいいんだ……？

こういうときって動かしちゃいけないんだっけ……？　とにかく人を呼ばなきゃ……。

「誰か……」

起《た》ち上がりかけたとき、がつん、と物凄い音が響いた。

続いて激しい痛みが襲ってくる。その音をたてたのが自分の頭蓋骨で、後頭部に何か固いものがぶつかったのだ、というのだけは分かった。

目の前が金色になり、真っ黒になり、それから何も分からなくなった。

3

固いベッドで背中が痛い。それに頭がずきずきする。

「ここは……どこだ……？」

「いい気なもんだな。強盗殺人で取っ捕まったってのに」

「強盗……殺人……？」

「気の毒な婆さんを殺しただろうが」

がばっと飛び起きて辺りを見回す。

狭くて薄暗いコンクリートの箱みたいな部屋だ。湿っぽくて臭い。鉄格子の向こうに太った警官が座っている。留置場だ。

いったい何がどうなったんだ……？

集金に行って、返事がなくて、中に入ったら老婦人が倒れてて……だんだん、頭がはっきりしてきた。

「ウッドさんは、死んだのか……？」

「貴様に殺されてな」

「俺じゃない！　俺は倒れてるのを見つけたんだ！」

「みんなそう言うんだ。ポケットの百ダレルは行きがけの駄賃《だちん》か？」

そうだ、百ダレル！　慌てて上着のポケットをさぐる。ない。

「その百ダレルは俺の給料だ！　俺の金、どうした！」

「押収《おうしゅう》したに決まってんだろうが」

「返せ！　俺の金！」

畜生、小切手を全部換金《かんきん》したんだった……換金してなければ盗んだ金じゃないと証明できたのに！

小切手にはネロのサインが入ってるんだから……ネロの……。

あっ……！

「いま……何時だ……？」

「七時になるとこだ。おまえのおかげで俺は夜番《よばん》だ」

拙《まず》い……逃げたと思われる……！　殺人罪で死刑になるより先に、首輪で首が絞まってしまう！

「俺の雇《やと》い主に……アンブローズ・ネロに連絡してくれよ！」

「あのアンブローズ・ネロか？　探偵の」

「あんた、知ってんの？」

「貴様みたいなちんぴらが知ってる方が驚きだ」

なんだかんだでネロの奴、有名なんだ……俺が無知で知らなかっただけか……。

「とにかく電話……ああ、駄目だ……あいつ、電話に出ないんだ！　出ても聞かないで切る……」

そのとき、スーツに中折れ帽の男が留置場の廊下を歩いてきた。スーツがぴったり身に添っていていかにも洒落者《しゃれもの》めいている。

座っていた制服警官が慌てて起《た》ち上がって敬礼した。どうやら私服刑事らしい。

「これは、警部どの。何のご用件ですか」

「シモン・セラフィンという若いのはここに入ってるかい。金髪でブルーアイ、天使みたいに甘い顔の」

「それなら、この檻《おり》に入ってる奴ですね」

「鍵を開けてくれ。保釈《ほしゃく》だ。ここにサインを頼むよ」

思わず鉄格子をつかんだ。

保釈？　ここから出られるのか？

「シモン・セラフィンか？」

「そうだ」

「なるほど、天使の顔だな。出てきてくれ、おまえの保釈金を払った人がいるんだ」

保釈金……？　まさか……。

シモンは鉄格子の外に出て、私服刑事と一緒に警察署の薄暗い廊下を歩いた。

その先に不吉な黒い色を纏《まと》った人影が立っている。

ネロだ。予想はしてたけど驚いた。

「あの……俺……」

凍《い》てついた地獄の最下層《コキュートス》の氷塊《ひょうかい》みたいな眼がじろりと見下ろした。

「シモン。どうやらおまえは家賃の集金もまともにできないようだな」

「あんたが保釈金を払ったのか……？」

俗世の塵《ちり》にまみれた警察署の中では、ネロのピュアな禍々《まがまが》しさがなんだか場違いに見える。

「他におまえの保釈金を払うような人間がいるのか？」

「いくらだったんだ……？」

「聞かない方がいいぞ。おまえが一生働いても払えない額だ」

「どうせ一生あんたの奴隷なんだろ」

ネロはにやりと笑った。鞣皮《なめしがわ》で完璧に形作られたような唇から皓《しろ》い歯がこぼれる。

いつ見ても美形の鮫《さめ》みたいだ。いや、ライオンか虎かも。いずれにしろ獰猛《どうもう》な美貌の捕食者《ほしょくしゃ》だ。

「まあ、おまえは逃亡しないから保釈金が没収《ぼっしゅう》になることはない。それにおまえが殺したんじゃないんだろう？」

ぶんぶんと首を振る。

「行ったら倒れて死んでたんだ！　鍵が開いてて……」

「鍵が開いてたから入ったのか。馬鹿め。疑ってくれというようなものだぞ」

「だってさ。一人暮らしの年寄りで脚が悪いって言ってたし……一人で倒れてたりとか、いろいろあるだろ」

言い訳しながら肩を並べて歩き出す。実際倒れてたし、そのうえ間に合わなかったわけだけれど。

ネロは珍しいものを見るような顔でまじまじとシモンを眺めた。

「おまえ、前科はないんだな。前科があったら金を積んでも保釈は難しいところだった」

「そういえば臭《くさ》い飯は食ってないな」

ガキの頃しょっちゅう補導されてたけれど、いつも不起訴《ふきそ》で前科にはなってない。その後は手が後ろに回るようなことをしようとする段階で失敗してしまっていたような気がする。

身体を動かしたはずみに後頭部がずきりと痛んだ。

「……あ、痛っ……」

「どうした？」

「……たぶん、頭を殴られたんだ。死体を見つけたときに後ろから。それで気絶した」

痛い所に手で触ってみる。右耳の後ろを横から殴られたらしい。触るとコブになっているが、血は出ていない。

「どれ。見せてみろ」

言うなり、ネロは骨張った長い指でシモンの頭の後ろ側を鷲《わし》づかみにした。

「わあっ！　なにすんだ……」

言い終える前に、ずきずきする痛みがすーっ、と消えた。

「あ……治った……？　あんたがやったのか……？」

「そういうときは、どうもありがとうございました、と言うんだぞ。シモン」

痛かった場所に触ってみた。コブはひっこんでいて、押してもぜんぜん痛くない。

「あ……どうも……。けど、凄《すご》いな。あんた、こんなことができるんなら、これを仕事にすればよかったのに」

「こんなのは三級魔導師でもできることだ」

そうなのか……。ということはトニーもできるんだ。トニーは準二級をとったのに、仕事はあまりない。

「まあ仕事じゃないから、今のは無料にしてやる」

傍《そば》でさっきの洒落者の私服刑事がにやにや笑っている。のっぺりした細身の優男で、あまり警察官らしくなかった。

「ネロ。あんたが拘留者《こうりゅうしゃ》の問い合わせをしてきた時は驚いたが、一番の驚き所はあんたが本当にその奇麗な顔のちんぴらを雇ってたってことだな」

「私が人間を雇ったらおかしいか？　コリンズ」

「いやあ、別におかしくはないさ。しかし屍用人《しようにん》とゴーレムしか使わないのがあんたのやり方だと思ってたんでね」

「屍用人では間に合わないこともある。こいつにはこいつの仕事があるからな」

どうやらこのコリンズという刑事とネロは以前からの知り合いらしい。探偵仕事の関係だろうか。ネロのことをよく知っているみたいだ。

「そういえば、その奇麗な顔のちんぴらは逃亡の恐れなしということで保釈許可が下りたが、第一容疑者であることは変わりないからそのつもりでいてくれよ」

「警察もたいがい適当だぞ。第一容疑者が気絶してるならいったい誰が殴ったか考えなかったのか？」

「うちも人手不足なんでね。目の前にうってつけの容疑者が転がってたら飛びつきたくなるだろう？」

「そんな理由で私の下僕《げぼく》を殺人犯に仕立てられてはかなわんな」

それから受付でサインして私物を返却してもらった。現金百ダレルは証拠物件だからと返してもらえなかったけど。

警察署の前には黒塗りのオートモービルが停まっていた。

「乗れ」

「あんたが運転するのか……？」

「おまえはできないんだろう？」

実を言えば、乗ったことすらない。金のない若者にとって自家用オートモービルは究極の贅沢品《ぜいたくひん》だった。

黒塗りオートモービルは全体が流れるような流線型で、長いフードの鼻先に小さな銀の女神像がついている。

凄《す》げえ……こいつは超高級車《ファントム》の最新型だ。

シモンは手の届かない美女を紹介されたみたいな心持ちでおっかなびっくり乗り込んだ。助手席のシートが沈み込むように柔らかくシモンの身体を受け止める。

エンジンが巨大な猫科動物がごろごろ喉を鳴らすような心地よい震動音をたてた。摩天楼の谷間の闇を彩《いろど》るマジック・ルミナリーの街灯。その淡い光に濡れる大通りを《ファントム》は滑《なめ》らかに走り出した。

「……あんた、なんで俺の保釈金を払ったんだ？」

「檻から出たくなかったのか？」

「そうじゃないけどさ……」

奴隷のために莫大《ばくだい》な保釈金を払う理由が分からない。夜までに戻らなかったら首を絞めると言ってたくせに。

実際にネロがしたのは、知り合いの刑事に連絡してシモンが拘留されている留置場を探し出し、保釈金を払い、ついでに無料でシモンの頭のコブを引っ込めたことだ。

左隣に——運転席にちらちらと目をやる。光と影がネロの端整な横顔を交互に横切っていく。

こいつ、本当に何を考えてるんだろう。

最初はトニーの言ったようにこいつがヴァンパイアの一種で、喰うためにシモンを手近に置いたのだと思ったけれど、今のところそんな気配はない。だいたい、わざわざそんなことをしなくてもこいつは簡単に餌《えさ》を調達できるだろうに。

「……どこに行くんだ？」

「事件現場に決まってるだろう」

「えっ……何をしに……？」

「マーシー・ウッド殺害犯を見つけ出す」

そういえば、ネロは探偵なんだった。仕事の依頼はにべもなく断るけど、店子《たなこ》が殺されたら自分で捜査するのか。

「ウッドさんの仇《かたき》をとる？」

「馬鹿を言え。あの部屋は事故物件になったんだぞ。当分借り手はつかない。資産価値はがた落ちだ。犯人にはきっちり落とし前をつけさせてやる」

なんだ……そういうことか。一瞬でもこの男が店子の仇討ちをするなんて考えた自分が馬鹿だった。

褐色砂岩のビルの入り口詰め所には夜警《やけい》がいた。ネロの顔は知っているらしく、会釈《えしゃく》して二人を通した。

「あんた、ここも十％の経営権を持ってるのか？」

「違う。このビル全体が私の持ち物だ」

うへえ。だったら、一部屋が事故物件になったことくらい、どうってことないだろうに。

マーシー・ウッドの部屋は警察が魔の法《セレマ》で立ち入り禁止の封印を貼っていたが、魔法円がプリントされた黄色い紙はネロが触れるとただの紙きれみたいにあっさりはがれ落ちた。

部屋は昼間来たときと同じだった。マーシー・ウッドの死体は運び出されて既にここにはない。それでも何時間か前まで死体があったと思うとちょっと背筋が寒くなった。

ネロは足音もたてずにゆっくりと部屋の中を歩き回っている。サイドボードのレースの上に伏せられている写真立てを手に取った。写っているのは良い服を着た若い男だった。

「息子……？」

「いや。マーシーには子供はいなかった。ご亭主も四十年以上前に亡くなってる」

マーシー？　名前で呼ぶような仲だったのか。そんな家族事情まで知ってるなんて、やっぱりただの大家と店子じゃなかったんじゃないのか……？

「シモン。おまえがここで見たことを話せ」

「ええと……ウッドさんはそこにうつ伏せに倒れてたんだ。ソファとテーブルの間に。頭に血がついてて、長い間そこに倒れてたんだとしたらやばいと思って慌てて近づいて、名前を呼んだけど返事がなくて……」

「なぜ長い間そこに倒れていたと思ったのだ？」

「なぜって……血が乾いていたから」

「確かか？」

「確かだ。少し黒っぽく固まってた」

「血がついていたのは頭のどのあたりだった？」

もう一度ゆっくり記憶を掘り起こしてみる。左手をあげて自分の頭の後ろに触った。

「このへん……頭の左上の方だったと思う」

「昼間来たときの部屋の様子はどうだった？」

「どうって……今と同じだよ」

「荒らされた様子はなかったのか？　引き出しが開いたりしてはいなかったんだな？」

「そう。部屋はきちんとしてて、何かあった様子じゃなかった。でも、今はいくつか物がなくなってる」

壁際のサイドボードを指さす。

「あそこに女神像があったし、窓際の椅子には毛皮の敷物が敷いてあった」

「おまえ、案外記憶力がいいんだな。他に覚えていることは？」

「案外は余計だよ。ええと……そうだ、窓が開いてた！　犯人は窓から侵入したのかもしれない」

「七階だぞ」

「あ、そうか……」

「一級以上の魔導師なら可能だろうが、ここで大きな魔の法《セレマ》が使われたのなら痕跡《こんせき》が残る。これは普通の殺人だ」

「あんたには分かるのか」

「私を誰だと思っている」

「俺に奴隷首輪をつけた奴」

ネロはくっくっ、と嗤《わら》った。

「私にそんな口を利くのはおまえくらいのものだぞ」

ネロはソファとテーブルの周辺を調べ、サイドボードの上の電話を調べ、それから窓際に立ってカーテンの陰から夜の街をじっと眺めた。

「そろそろ引き上げるぞ。無くなっている物は警察が押収したのかどうかコリンズに聞いてみよう」

外に出るとき、ネロは破った封印をそのままにした。

「元に戻しとかなくていいのか？」

「私が封印したら警察が開けられないからな。大丈夫だ、警察の封印は既製品《きせいひん》の安物だから破れることがよくある」

0級だからか……に、しても手を抜くとかできないものなのか。ネロは案外小回りが利かないのかもしれない。

「これからどうするんだ？」

「決まってるだろう。帰って夕食だ」

ペルデュラボー・アパートメントに戻るとなんだかホッとした。牢獄《ろうごく》には変わりないけど、臭い留置場よりは遥かにいい。

夕食はまた四十五階のダイニングルームで食べることになった。記憶が鮮明なうちに目撃情報をもう一度聞きたいとか、そういう流れでなんとなくそうなったのだ。

メニューはランプステーキで、ジャガイモとラディッシュが添えられていた。

「コリンズに聞いた話では、直接の死因は絞殺《こうさつ》だそうだ。マーシーの手の爪の間には血と皮膚が詰まっていた。つまり抵抗して犯人を引《ひ》っ掻《か》いてる」

ネロはミディアムレアに焼けたランプ肉にナイフを入れながら言った。まったく、食事時に相応《ふさわ》しい話題だ。

「おまえに引っ掻き傷はないな、シモン」

「俺を疑ってるのかよ?」

「確認しただけだ」

そうは言うけれど、疑ってはいない気がした。ネロは口で言ってみているだけだ。

「ミセス・モロー。シモンにもワインを」

「俺、ワインはあんまり……」

抗議する間もなくなみなみと濃い赤紫のワインが注がれる。ミセス・モローは手加減というものを知らない。

「ローヌの赤だ。フルーティーで肉にも魚にも合う。これならおまえにも味が分かるだろう」

グラスを手に取って用心深く一口啜《すす》る。確かにこの間のより渋くなかった。甘酸っぱくて滑《なめ》らかな喉越しだ。

「……割と旨《うま》いな。ブラックベリーみたいな香りがする」

ネロが唇を歪《ゆが》めて微笑《わら》った。馬鹿にされてるような気もするけど、以前ほど嫌味な感じじゃなかった。

「さて。もう一度整理してみよう。おまえが行ったとき、ドアの鍵は開いていたと言ったな」

「開いてた。何度ベルを鳴らしても出てこないから、心配になって中に入った。そしたらウッドさんが倒れてて……」

「おまえは殺人犯のいる室内にのこのこ入っていった。犯人はドアの陰かバスルームの通路に隠れていて、忍び寄って後ろからおまえを殴った」

「そんな感じだ」

「そして犯人は気絶したおまえとマーシーの死体を置き去りにして立ち去った」

「待てよ。誰が俺とウッドさんを見つけたんだ？」

「いい質問だ。匿名《とくめい》の通報があったらしい」

「それってつまり、真犯人からってこと？」

「恐らくはそうだろう。逃走してすぐ通報した」

ネロはグラスのワインを一息に飲み干した。

「疑問は、マーシーの頭の傷は乾いていたというおまえの証言だ。かなり時間が経っていたことになる。犯人はそれまで何時間も何をしていたのか。普通、殺人犯というのは一刻もはやく現場から逃げ出そうとするものだ」

「金目のものを物色《ぶっしょく》してたんじゃ？」

「部屋は荒らされていなかったと言ったのはおまえだぞ」

「うーん、そうだけど……なくなってた女神像は？」

「あれは博物館のレプリカだ。大した値打ちじゃない。それに探すまでもなく部屋に飾ってあったんだろう」

「ああ、そうか……」

あの女神像で殴られたのかもしれない。丈夫な頭蓋骨《ずがいこつ》でよかった。下手をしたら死んでいた。

右耳の後ろのコブのあったあたりに触ってみた。ぜんぜん痛くないし、コブも引っ込んだままだ。

「ネロ」

「なんだ」

「その……ありがとう。いろいろと」

「別におまえのためにやっているわけではない」

まあ、そうなんだろうけど。

ネロはネロの事情でマーシー・ウッド殺しの犯人を捕まえたいのだろう。でも、そのためにわざわざ保釈金を払ったり、シモンの頭の傷を治したりする必要はなかったのだ。

「今日はもう寝《やす》むがいい」

「うん」

「眠った後では思い出せなかったことが思い出せることがある」

なんだ。気を遣われたのかと思ったら、そういうことか。

でも、確かに何か大切なことを見落としているような気がする。寝たら思い出せるかもしれない。

「グッドナイト、ネロ」

◆◆◆

なんだか変な夢をたくさんみた。

朝、いつものようにミセス・モローに叩き起こされて砕《くだ》けた悪夢の残滓《ざんし》を追い払いつつシャワーを浴びていたら、昨夜から引っ掛かっていたことが意識の表面に浮上した。

「ネロ。あんた、あのビルのオーナーなんだろう？　昼間は守衛を置いてないのか？」

「いや。三交代制で常時置いてるぞ」

「そうなのか？　昼間、俺が最初に行ったときには居なかったような気がするんだ」

「なんだと？　それは確かか？」

「確かかと言われると自信はないけどさ。見なかったこと、って記憶に残らないだろう？　だけど、夜にあんたと行った時には夜警を見た記憶がある。昼間の方にはそれがないんだ」

ネロは眉根を寄せて考え込んだ。デスクの引き出しを開けて書類のファイルを探し、それを見ながら何本か電話をした。どうやら、うち一本は持ちビルの関係者で、一本はコリンズ刑事らしい。

チン！　と受話器を置く澄んだ音が響く。

「女神像と毛皮の敷物は警察が押収していた。どちらも血がついてたが、血液型は違うそうだ。毛皮の方の血痕《けっこん》はマーシーの型と一致している」

「じゃ、女神像の血痕は？」

「おまえの血だろうな。女神像はおまえの手の中にあったそうだぞ」

頭を殴っておいてその像を俺の手に握らせたのか……！

なんて狡猾《こうかつ》な奴だ。マーシー・ウッドと自分の血液型が違ってたからよかったようなものの、もしも同じだったら不利な証拠になるところだった。

そこで気付いた。あれ？　そうするとマーシー・ウッドは何で殴られたんだ？

「出掛けるぞ。一緒に来い、シモン」

「何か分かったのか？」

「ああ。いろいろとな」

一瞬、なんでネロと一緒に出掛けなきゃならないんだろうと思ったが、よく考えてみれば真犯人を捕まえれば強盗殺人容疑が晴れるわけだから他人事ではない。

シモンが助手席に収まるや否や、ネロはオートモービルを急発進させた。

「マーシーは用心深い女だった。鍵を掛け忘れたとは考えにくい。彼女は見知らぬ人間に対して常に警戒していた。にもかかわらず、彼女は鍵を開け、そのうえ後ろから殴られている。殺人者に背を向けたのだ」

「ウッドさんが気を許すような相手だったってこと?」

「そうだ。だが、マーシーが心を許す相手は少なかった。何人もいないだろう」

ネロは、自分の名前を出せば彼女はドアを開けると言った。ネロもその数少ない一人だったということか……。

オートモービルは大通りから狭い路地に入っていった。なんとなく見覚えがある。前に住んでいた東波止場《はとば》のアパートの近くだ。古い縦割《たてわ》り長屋がぎっしり並ぶ下町に黒塗りの《ファントム》はひどく不似合いだった。

ネロは一軒の長屋の前にオートモービルを停めた。

「ついてこい、シモン」

胸がどきどきした。頭を殴った犯人に対面できるのかもしれない。

石段を登ってドアをノックする。瞬時にドアが開き、痩《や》せた中年の男が顔を出し、大声で叫んだ。

「スーザン⁉」

男の顔に当惑と失望が広がる。

スーザン、って誰だ……?

シモンは男とネロに交互に視線を走らせた。こいつが犯人なのか……?

だが、ネロは相手の当惑にもシモンの疑問にもまるでおかまいなしだ。

「ジェフ・ホッジスだな？」

「そうだが……誰だ……あんた……」

「私はアンブローズ・ネロだ。自分の雇用主の顔くらい覚えておけ。昨日から守衛の仕事を無断欠勤しているな？」

「お、オーナー……！　失礼しました……！」

狼狽《うろた》える男を尻目に、ネロはそのまま強引に室内に押し入った。狭い室内は散らかって洗濯物が積まれており、生活感がありまくりだ。

「すいません、その……昨日から具合が悪くて……」

確かに男はひどく憔悴《しょうすい》した様子だった。二日分の無精髭《ぶしょうひげ》を溜め、目は血走って青黒い隈《くま》が出来ている。

「私がわざわざ無断欠勤をとがめにくると思うか？　マーシー・ウッドの話をしてもらおうか」

男は小さく息を呑み、俯《うつむ》いて目を逸《そ》らした。

「な……何をでしょうか……」

「彼女が殺されたのは知っているな？」

「すいません……おれは何も見てないです……休んでたんで」

「その間にマーシーは殺されたわけだ」

「は……はい……気の毒なことを……」

ネロはどういうつもりなんだろう。欠勤していた守衛を締め上げても情報は取れないと思うのだが。

「ところで、おまえはマーシー・ウッド宛ての郵便や荷物をよく預かって届けていたそうだな」

「……ウッドさんは、脚が悪くて……下まで来るのが骨だったんで、それでおれが……」

「部屋まで届けるようになった？」

「はい……そうです……」

「マーシーはおまえを信頼していた。おまえが来れば無条件でドアを開けるほどに」

「は……はい……」

ホッジスの手は細かに震えていた。額にふつふつと大粒の脂汗が浮かんでくる。

「ここでひとつ質問だ。答えてくれ、ホッジス、彼女はどんな気持ちだったと思うか？　信頼していた相手に裏切られ、命を奪われると知ったときに？」

ホッジスの喉からながながと悲痛な呻《うめ》き声が漏れた。そのままへなへなと床に崩れ落ちる。

「おおお……おおおおおお……す、す、すいません……！　おれが……おれがやりました……！　ウッドさんを殴って殺したんです……！」

「彼女を殴ったことを認めるんだな？」

「はい……！　荷物が届いていると嘘を言ったんです。いつもそうしていたから……ウッドさんが後ろをむいた隙に警棒で殴りました……彼女は倒れて動かなくなった……おれが殺したんです……！」

男は大声を立てて泣き出した。涙が筋になって流れる。

なんだか拍子抜けだ。

こんな小心な男が気の毒な老女を殺し、シモンを殴って気絶させ、偽の通報をして濡《ぬ》れ衣《ぎぬ》を着せようとしたのか？

「まあ、落ち着け。どんなふうに殴った？」

ジェフ・ホッジスはそろそろと左手を持ち上げた。

「こ、こんなふうに……上からがつん、と……」

「おまえは左利きだな、ホッジス」

ネロがこちらを振り向いた。

「シモン。マーシーの頭の傷は左側だったな？」

「そうだ。それで間違いないよ」

「ホッジス。おまえはこの若いのに見覚えはあるか？」

男は訝《いぶか》しげにシモンを眺め、首を横に振った。

「嘘つけ！　俺の頭を女神像で殴っただろう……」

言いかけてネロに遮《さえぎ》られた。

「シモン。おまえの頭のコブは左右どっちだった？」

何度もしているように右手をあげ、耳の後ろに触ってみる。

「このへん。あれ？　右側……だった……？」

「どうやら理解したようだな」

左利きの男が後ろから忍び寄って横殴りに殴って、その傷が右側にあるのは変だ。

「ウッドさんを殴ったそいつは左利きで、俺を殴った右利きの奴とは別ってこと……？」

「そうだ。犯人は何時間も現場に留まっていたわけじゃない。時間をおいて、二人が侵入したのだ。

おまえを殴ったのは二人目の犯人だ」

ネロがホッジスの手をぐいとつかんだ。シャツの袖《そで》がまくれて痩せた腕がむき出しになる。

どこにも引っ掻き傷はない。

つまりこの男は彼女を絞殺《こうさつ》していないんだ……！

「ホッジス。なぜあんなことをした？　上司に訊いたが、いままで勤務態度は真面目だったと言っていた。マーシーはおまえを信頼していた。でなければ鍵を開けない」

ジェフ・ホッジスは嗚咽《おえつ》を漏らした。

「……スーザンが……娘が、学校から帰ってこなかったんです……そしたら郵便受けに脅迫状が……」

そうか……さっきの『スーザン』は娘だったんだ……。

ホッジスは引き出しをあけ、新聞の文字を切り張りした脅迫状を出してきてネロに見せた。

横から文面を盗み見る。

――娘は預かった。返して欲しければマーシー・ウッドを殺せ。警察に知らせたら娘の命はない。

いつもおまえを見張っているぞ。おまえがあの女を殺すまでずっとだ――

「おれが馬鹿だったんだ……！　警察に届けていれば……」

「いや。ここの警察は無能だ」

ネロはあっさりと言ってのけた。

まあ、確かに殺人現場で気絶している男を犯人として逮捕するくらいには無能だが。

「ホッジス。ひとついい事を教えてやる。おまえはマーシーを殺してはいない。気絶させただけだ。マーシーは一度息を吹き返したあと殺されたんだ」

「え……？　ほ、本当なんですか……？」

「本当だ。娘は私が取り戻してやる。何か娘の持ち物を貸せ。大事にしているものか、日頃身に着けているものだ」

「オーナー……娘を助けられると……？」

「私を誰だと思っている。早く貸せ」

ホッジスは慌てて衣類の山を掻き分け、手のひらに乗るほどの不格好なひよこの縫《ぬ》いぐるみを発掘した。

「これ……あの娘の母親が作ったものなんで……」

「よし。充分だ。おまえはここで待て。馬鹿なことは考えるな。警察には行くんじゃないぞ。いいな」

「は……はい……」

馬鹿なこと、というのが自殺のことだと気付いたのは《ファントム》の周りにたかっていた子供らを追い払って、さっき来た道を走り出した後だった。

「あの男、自殺すると思うのか？」

「娘が帰ってこなかったらな。気が付いたか？　あの家には母親がいない」

それは気付いていた。家の中に女性の気配がない。あの家に住んでるのはホッジスと娘だけだ。

「あんなこと言って、本当に娘を助けられるのか?」

「ホッジスの娘を誘拐したのはマーシー殺しの犯人だ。そいつを見つければ娘も見つかる」

ネロはゆっくりオートモービルを発進させた。狭い路地の角をなめるように回る。

「犯人は恐らくホッジスが父一人子一人の家庭だということを知っていたんだろう。だから子供を誘拐した」

「最低な奴だな!」

「その通り。犯人は物取りではない。恐らくそいつはマーシーの死によって利益を得る人物だ。マーシーにはかなりの資産があった。彼女は恨みを買うような人間ではなかったし、そもそも人付き合いがほとんどないのだからな」

「子供はいないんだろう?」

「ああ。だが、子供でなくとも相続人になることはできる。たとえば兄弟姉妹、その子である甥姪《おいめい》」

大通りに出た《ファントム》は速度を上げ、マーシー・ウッド殺害現場のビルの前を通り過ぎて右折した。

「犯人はホッジスがマーシーを殺し損なったのを知り、とどめを刺しに来た。なぜ犯人は誘拐という重犯罪を犯してまでホッジスに殺人を依頼したのに、その現場に足を踏み入れて自ら手を下したのか。謎だ」

「ウッドさんが生きてたら拙《まず》い理由があった……?」

「恐らくはな。そいつは、待てなかった。危険を冒《おか》してでも自らマーシーの息の根を止めに来るしかなかったのだ」

ネロは難しい顔で考えながらハンドルを切った。

考え事をしながら運転するのは止《や》めて欲しいと思った。事故ったってネロは死なないんだろうけど、こっちは死ぬんだから。《ファントム》は褐色《かっしょく》砂岩《さがん》のビルの建ち並ぶ通りを右折し、さらに右折する。

「分からないのは、そいつがホッジスがマーシーを殺し損なったことをどうやって知ったのか、ということだ。ホッジスはマーシーを殺したと思い込んでいた」

《ファントム》が再び右折して元の道に戻った。殺害現場のビルがある通りだ。

「おい。さっきから同じ所を走ってるぞ」

「うるさい！　そんなことは、分かっている……」

腹を減らした肉食獣の唸《うな》り声みたいな声。

これほど苛立っているネロを見るのは初めてだった。撃たれたときも、刺されたときも、余裕綽々《しゃくしゃく》だったのに。

「犯人は、ホッジスがマーシーの荷物をちょくちょく預かって部屋まで届けていたことを知っていた。だから彼に目をつけた。犯人は、以前から監視していたに違いない……」

「『いつもおまえを見張っているぞ』、か……」

「なんだ？」

「さっきの脅迫文だよ。ホッジスをいつも見張ってるって書いてあった」

「ホッジスを……？」

眉をひそめ、ハンドルを握ったまま宙を睨む。

「ああ、そうか……！」

ネロが叫ぶように呟き、いきなりブレーキを踏んだ。

「わっ、危ないじゃないか！」

フロントガラスにぶつかりそうに前につんのめったシモンの抗議を無視し、ネロは歩道に降りて道路の両側に壁のように建ち並ぶ褐色砂岩のビルを見上げた。

「そうか……そういうことだったのか！」

「何か分かったのか？」

「ああ、おまえのお陰でな。シモン、ついてこい！」

《ファントム》を路肩に停めたまま小走りに駆け出す。

「これ、こんなとこに放置でいいのか？　盗まれるぞ」

「盗んだ奴には私の呪《のろ》いがかかる」

どんな呪いなのか気になったが怖いので訊くのはやめにし、急いでネロの後を追った。

ネロが足を向けたのは殺害現場のビルではなく、道路を挟んだ向かい側の建物だった。一階ロビーに駆け込んだネロはホッジスから預かってきた不格好なひよこの縫いぐるみを取り出し、てのひらに乗せた。

「『我、己《おのれ》の真の意志の命ずるところにおいて自《みずか》ら求むることを行わん、それが法のすべてなれば』！」

ひよこの縫いぐるみがふわりと宙に浮き上がる。

「行け！　おまえが属する者のところへ！」

縫いぐるみはふわふわ宙を漂い、それから一直線に階段室に向かった。

「階段登るのかよ……」

「文句を言うな。あれにエレベーター操作は無理だ」

飛ぶひよこの跡を追い、螺旋《らせん》が四角く連なった階段をぐるぐる登っていく。

ひよこは七階に到達すると階段室を出て廊下の市松《いちまつ》模様のタイルの上をゆっくり飛行し、一つのドアの前でぴたりと止まった。

「ここだ」

ネロは宙に浮くひよこをつかんでポケットに突っ込み、ドアノブに手をかけた。金属が折れるような不穏な音とともに、ドアがひとりでに開く。そのままずかずかと玄関ホールに踏み込んだ。

「……誰だ、あんた！」

玄関ホールとひと続きになったリヴィングルームには男が一人いて、驚愕の表情を浮かべてこちらを凝視している。

「勝手に人の部屋に入ってきやがって……警察を呼ぶぞ」

「ほう。呼べばどうだ？　困るのはそっちだろう」

この男……どこかで見覚えが……。

「こいつ、写真立ての……！」

「ああ。間違いない」

マーシー・ウッドの伏せられた写真立ての中の男だ。

今の方が少し歳を取ってるけど、同じ男だ。良い服を着てるのも同じだが、写真よりもちゃらい遊び人風に見える。

シモンはちゃら男の手に目を走らせた。

両手の甲に何枚も絆創膏《ばんそうこう》が貼られている。

引っ掻き傷……！　こいつが真犯人か……！

「私の名はアンブローズ・ネロ。探偵だ。おまえの叔母が殺害された事件を捜査している」

「マーシーおばさんの？」

ネロがにやりと笑った。

「甥で当たりだったか。写真を見たとき面影があると思ったが兄弟の可能性もあったからな」

「失礼な男だな。僕に何を聞きたいんだ？　犯人はもう捕まったんだろう？」

それは俺だ！　おまえが殴って罪を着せたくせに……！

シモンは喉元まで出かかった言葉を呑み込んだ。ネロには何か作戦があるのかもしれない。

「では、単刀直入に聞こう。ジェフ・ホッジスの娘はどこだ」

うわあ……！　作戦も何もないじゃないか！

ちゃら男は大きく目を見開いて息を呑み、それから腹を決めたように腕組みした。

「いったいなんのことを言っているのか分からないな」

「では、分かるように言おう。おまえはホッジスの娘を誘拐し、言うことを聞かなければ娘を殺すと脅《おど》してホッジスにおまえの叔母を殺害させた」

「へえ、なぜ僕が叔母を殺させなければならないんだ?」

「遺産だ。マーシーには子供がない。おまえはマーシーの遺産を当てにしていた。だが、彼女はおまえを相続から外すことを考えていた。おそらくおまえの不品行《ふひんこう》が原因だろう」

「面白い話だ。続きはあるのか?」

「あるとも。残念ながらホッジスは殺しのプロじゃない。彼はマーシーを殴って昏倒《こんとう》させたが、生死を確認しないでそのまま逃げた。小心な男だからな。数時間後、彼女は息を吹き返した。おまえはそれを知って慌てた。マーシーに気付かれたと思ったからだ。おまえが襲撃の黒幕だと」

「なんで叔母が気付くというんだ?」

「彼女は初めから知っていたんだ。おまえが彼女を片づけようと画策していたことをな。相続を早めようとしたのはこれが初めてじゃないんじゃないか? こんど何かあったら遺言書を書き換えると通告されていたんじゃないのか?」

ネロの口調はねちねちと嬲《なぶ》るようで、自分が言われているんじゃなくても胃が痛くなりそうだった。端整な顔に浮かんだ肉食獣の笑みが厭味《いやみ》に拍車《はくしゃ》をかけている。

「だからおまえは息を吹き返したマーシーが警察や弁護士に連絡する前に、どうしても彼女を殺さなければならなかった。これが、殺人を依頼しながらおまえが自分で手を下した理由だ。おまえは急いで彼女の部屋に向かった。彼女はおまえを警戒していたから、いつもなら入れて貰えなかったが……」

黙ったままネロの話を聞いている男の表情が次第に険しくなってきていた。

「だが、ホッジスが逃げたときのままで鍵は開いていた。おまえは部屋に侵入し、彼女を絞め殺し、集金に来た男を女神像で殴って気絶させ、その男に罪を着せるためその像を手に持たせて警察に電話した」

たたみかけるように喋りながらじりじりと間合いを詰め、絆創膏だらけの手をぐいとつかむ。

「この手の傷はマーシーに引っ掻かれたんだろう。彼女は抵抗して犯人を引っ掻いている」

「馬鹿馬鹿しい。これは飼い猫に引っ掻かれたんだ」

ちゃら男は小鼻を膨《ふく》らませてネロを睨みつけ、つかまれた手をもぎ放した。

「……今の話は警察にしたのか？」

「いや、まだだ」

「それはよかった」

男は右手をゆっくり身体の後ろに回した。再び現れたとき、その手には手品のように拳銃が握られていた。

どん！　銃声が響く。

あたりに硝煙の匂いがたちこめる。ネロの胸にぽつりと浮かんだ赤い染みがみるみる広がった。

「ネロ！」

「私にかまうことはない、今のうちにスーザンを捜せ！　この家の何処《どこ》かにいる！」

ネロはポケットからひよこの縫いぐるみをつかみ出した。縫いぐるみは回転しながら宙に浮き、壁に添って漂い始める。

「……居場所はひよこが教えてくれる！」

「分かった！」

壁沿いにひよこの跡を追う。

背後で再び銃声が響いた。

どん！　どん！　どん！

大丈夫だ、ネロは不死身なんだからな……。

それは分かっている。にも拘《かか》わらず、立ち止まって振り返らずにはいられなかった。

「馬鹿者ッ！　何をしている、はやく行け！」

「う、うん！」

ネロは片手で撃たれた腹を押さえ、血にまみれたもう一方の手で男の肩を鷲づかみにしている。

「畜生、なんで死なないんだ！」

「くくく……私を殺すのに成功した奴はいない……」

「くそっ！　だったらそっちだ！」

ちゃら男が叫ぶなり銃口をこちらに振り向けた。真っ正面に銃口が見える。やばい！

どん！　銃声が響いた。時間が引き伸ばされて止まったみたいな感じがし、銃弾が回転しながら空気を切り裂いて飛んでくるのがはっきり見える。

もう駄目だ……思わずかたく目をつぶった。

「シモン！」

ネロの叫び声が聞こえた。

「シモン！　シモン……！」

ネロが叫んでいる。

恐る恐る目を開けた。生きている……？　どこも痛くない。

絶対当たったと思ったのに……？　ネロが魔《セ》の法《レマ》で何かやったのか……？

「シモン！　大丈夫か！」

「だ、大丈夫！　はずれた！」

壁に目を向けると、銃弾がめり込んだ壁の穴が見えた。ちょうど顔の高さだ。当たっていたらと思うと、今さらのようにゾッとした。

ひよこは奥へ奥へと向かっている。細くて薄暗い廊下だ。ひよこは一番奥の金の把手《とって》のある白い扉にぶつかった。

この中か！

そこはバスルームだった。タイル張りの床と衛生陶器、その向こうに猫足つきのバスタブが見える。

ひよこはシャワーカーテンにぶつかり、ぱたりと床に落ちた。

シャワーカーテンをさっと引き開ける。狭いバスタブの底に猿ぐつわを嚙まされた少女が身体を折り曲げるようにして横たわっていた。両手両足は紐《ひも》で縛《しば》られている。

「大丈夫か！　いま助けるからな！」

小さな細い身体を起こし、紐を解《と》き、猿ぐつわを外した。

「スーザン……だよね？」

少女は口をつぐんだまま泣きも笑いもせずただじっとシモンを見つめている。

「スーザン、僕らは君のお父さんに頼まれて助けに来たんだ」

反応無し。その眼は怯《おび》えて乾いていた。恐らく恐怖の中にあった時間が長過ぎて、もう泣くことすら出来ないのだ。

どうしたらいいんだ……？

タイルの床にひよこの縫いぐるみが転がっているのが目に留まる。シモンはそれを拾い上げた。

「ほら。これ。お父さんから預かってきたんだ。君のだろう？」

手に持ったひよこを少女の目の前で左右に揺らす。少女の乾いた瞳が震えて不格好なひよこを追い始める。

「……ぴ……ぴー……ぴーちゃん……？」

「ぴーちゃんがここまで案内してくれたんだ」

少女の腕が人形のようにゆっくりとぎこちなく動いた。こわばった指がひよこをつかもうとあがいている。

「ぴーちゃん……ぴーちゃん……」

ついに少女の手がひよこの縫いぐるみをぎゅっとつかみとった。乾いた眼から涙が溢れ出す。

「ぴーちゃん……！」

「大丈夫、もう怖くないから。さあ、行こう。ぴーちゃんをしっかり持って」

この子はとても歩ける状態じゃないだろう。シモンはスーザンを両手でかかえるように抱き上げ、ネロのところに駆け戻った。

「ネロ！　女の子を救出した！」

「よくやった……！」

ネロは血塗れでちゃら男とつかみあったままだ。顔は土気色《つちけいろ》で、唇の端に血の泡が浮かんでいる。

「先に行け。スーザンを連れてここから出るんだ……」

「わ……分かった！」

ネロとちゃら男を尻目に、スーザンを抱いたまま外廊下に出た。廊下の市松模様の床の上で壁に背をつけ、ネロが出てくるのを待った。

だが、来ない。来ない。

くそ。何分経《た》った……？　何をぐずぐずしているんだ……！　あれくらいで死なないのは分かってるけど、でも……。

ドアを細く開けて部屋の中を覗いた。

ウーッフゥ……ウウウーッフゥ……。

薄気味の悪い声が聴こえてくる。玄関ホールに身を乗り出すと、ちゃら男を抱え込むように立つネロが見えた。その身体から薄黒い煙のようなものが湧き出し、何本もの触手となってちゃら男をぐるぐる巻きにしている。

あれはあの時の……！

最初にネロを魔弾で撃ったときに見た触手だ……！

咄嗟《とっさ》にスーザンに見えないように抱く角度を変えた。

禍々《まがまが》しい触手は男の全身に巻きつき、包み込んでいる。

ウーッフゥ……ウウーッフゥ……ウウウーッフウッ……。

気味の悪い唸り声に混じって、くぐもった悲鳴のようなものが聴こえた。触手に包まれたちゃら男が悲鳴を上げているのだ。

シモンはその場を逃げ出したかった。だが、逃げ出せなかった。足が竦《すく》んでしまって動かないのだ。

忘れかけていた恐怖が甦《よみがえ》ってくる。

あの薄黒い触手に身体を探り回られるおぞましさ、気色悪さ……。

化け物……やっぱり化け物なんだ、ネロは……。

フゥ……ウッフゥ……フウッ……。

もはや悲鳴は聞こえない。

触手がぬるぬると動いた。薄黒い色が薄くなり、溶け消えるようにネロの中にひっこんでいく。同時に包み込まれていたちゃら男の姿があらわになった。

男は、腑抜《ふぬ》けたようにぼんやりとその場に佇《たたず》んでいる。

ネロもだ。触手をひっこめたネロは木になったかのようにその場に棒立ちになっていた。

満足したライオンがごろごろ喉《のど》を鳴らすのにも似た長い溜め息が聞こえた。それは地の底から響いてくるみたいだったが、さっきの気味悪い声とは明らかに違っていた。ネロの声だ。

ゆっくりとネロが振り向いた。

手は血塗れのままだが、顔色は元に戻っている。

「……シモン。外に出ていろと言った筈だ」

喉元まで出掛かった悲鳴を呑み込む。

「な……なかなか出てこないから、何かあったのかと……」

「この私にか？」

ネロは唇を歪《ゆが》めて嗤《わら》った。それは少し悲しげで、いつもの肉食獣みたいに凶悪な微笑とは違っていた。

そう、それはどこか自嘲めいた微笑だったのだ。

ハッとなった。ネロは『あれ』をしているところを見られたくなかったんじゃないか……？　だから先に出ていろと言ったのだ。

「……この子は見てないよ」

「ああ」

シモンはちゃら男に目をやった。口を半開きにし、虚《うつ》ろな目で何もない宙を見つめている。

いわゆる魂が抜けたような状態、だ。

オリファントの手下もこうなったのか……。

ネロはちゃら男の部屋の電話から緊急通報番号に掛けた。

「……二十分署《にじゅうぶんしょ》のスタンリー・コリンズ一級刑事を頼む。少女誘拐の現行犯を取り押さえている」

ほどなくしてサイレンを鳴らした警察車両で中折れ帽のコリンズ刑事がやってきた。

「ネロ。少女誘拐犯を捕まえたって？　誘拐事件なんて届けが出てなかったなあ」

「被害者の父親が私の雇い人で、警察でなく私に相談した。賢明な判断だったというわけだ」

「言うなって。人手不足なんだってば」

「おまけに誘拐犯はマーシー・ウッド殺害の真犯人だ」

「ほう。それは二度美味《おい》しいな」

コリンズ刑事は腑抜けたように佇むちゃら男に目をやった。

ちゃら男は部屋を検《あらた》めている警官たちをよそに薄笑いを浮かべ、よだれを垂《た》らして何かぶつぶつと呟いている。

「随分摂《と》ったもんだな。尋問に耐えられないようだと困るんだけどなあ」

「正しく質問しさえすれば大丈夫だ。何を尋ねればいいかは私が全部教える」

とったって……？　何を……？　ちゃら男はいったいどうなったんだ……？

「若いわりに染まっていた。余罪がかなりあるぞ。誘拐も殺人も初犯じゃない。おまえの手柄にすればいい」

「もちろん、そうさせてもらうよ」

コリンズ刑事は鼻歌交じりにそう言った。

コリンズは知ってるんだ。ネロの正体が何で、ちゃら男に何をしたのかを。たぶん、以前からしばしば同じことをしているに違いない。ネロとコリンズ刑事はグルなんだ。

コリンズに訊けば、ネロのことが分かる。だけど今、それは訊けない。

「……刑事さん。押収された俺の百ダレル、返ってくる？」

「ああ。ネロが払った保釈金もね」

スーザンが抱きついて離れないので、結局抱いたままオートモービルの後部座席に乗せて家まで送っていった。

「ホッジス。娘を取り戻してきたぞ」

ジェフ・ホッジスが家から飛び出してくる。シモンはスーザンを抱いて長屋の入り口の石段を登った。

「おお……おお……おお……スーザン……！」

「ぴーちゃん、役に立ったよ」

不格好なひよこをしっかり手の中に握りしめた少女を父親の腕に譲る。

「パパ……」

「スーザン……！　スーザン……！」

父娘は抱きあい、ただただ涙を流した。

見ていると、うっかり貰い泣きしそうになる。

ネロが救出を安請《やすう》け合《あ》いしたときはどうなるかと思ったけど、あの子を助けられて本当によかった。

「ホッジス。彼女は消耗《しょうもう》し切っている。はやく自分のベッドで休ませてやれ」

「は、はい……オーナー……」

全員で家に入ってスーザンを子供部屋に連れていき、それからホッジス一人で居間に戻ってきた。

「ありがとうございます、ありがとうございます……！　オーナー、何と礼を言ったらいいのか……！　何でもします！　何でも！」

「何でもだな。では、私の命令に従え」

「はい……！　どんな命令にも！」

「命令だ。自首はするな」

「えっ……」

ホッジスは虚を突かれた顔でネロを見上げた。

「おまえは娘が無事戻ってきたら自首するつもりだっただろう。だが、それは許さない。脅迫状は焼いてしまえ。事情聴取では被害者に徹しろ。いいな」

「え……でも……おれは……あの人を……」

「スーザンを犯罪者の子にしたいのか？　マーシー殺しの犯人は逮捕された。警察は犯人が一人いれば満足だ。おまえが良心の呵責《かしゃく》に苦しむなら、それがマーシーへの償《つぐな》いになる」

「……オーナー……」

「あの子の母親はどうした？」

「去年、事故で亡くなったんで……」

「ではもう一つ命令だ。スーザンの具合が良くなるまで仕事は休め。復帰後は寡夫《かふ》手当てがつくようにしてやる」

「おお……おお……働きます！　身を粉《こ》にして……！」

「よろしい。励めよ」


ネロは《ファントム》を滑《すべ》るように発進させた。

助手席からホッジスの長屋が遠ざかるのを眺める。

「あんた、案外と温情主義なんだな」

「恩を売っただけだ。忠誠は金では買えない。あの男は一生私に忠誠を尽くす」

「それはそうだけどさ……」

だけど、なにもわざわざジェフ・ホッジスの忠誠を買うためにスーザンを助けたわけじゃない筈だ。

本当に、この男はわけが分からない。

探偵だと言いながら依頼は聞かずに断る。そのくせ、依頼されてもいない事件を無料で捜査する。

まあ、探偵は趣味なのかもしれないけど。セレマイトの資格を取っていないから魔導師業の看板は上げられないのだろう。資格は関係なく凄《すご》い魔導師らしいが。

「ネロ。あんた、ウッドさんと親しかったのか？」

「親しいというほどでもないが、長い付き合いだったからな。五十年以上だ」

ネロはゆっくりとハンドルを切りながら言った。

やっぱり、ネロはマーシー・ウッドの仇を討つためにこの事件の捜査をしたんじゃないだろうか。

それと、もしかしたらシモンの無実を証明するためもあったかもしれない。あのままだと、裁判とか面倒なことになるところだった。

「そういえば、さっき俺が撃たれそうになったとき、あんたが何かしたのか？」

「いや。私は何もしていないが」

「そうなのか。てっきりあんたが魔の法《セレマ》で逸《そ》らしたのかと思った。絶対命中すると思ったんだ」

「どうしてだ」

「振り向いたとき、弾が飛んでくるのが見えたから」

ネロはかすかに眉を吊り上げてこっちに目を向けた。

「銃弾が見えた、だと……？」

「そう。まっすぐこっちに向かって飛んでくるのが見えたんだ。でも、外れた。あいつ、下手くそだったんだな。あいつが魔弾を使ってなくてよかったよ」

ネロはなんだか変な顔でじっとこっちを凝視している。まるで珍しいものでも見るみたいに。

「おい、ちゃんと前を見て運転してくれよ」

「私は目をつぶっていたって運転できる」

そうかもしれないけどさ……心臓に悪い。

「そういえばさ、なんであのビルに犯人がいるって分かったんだ？」

「犯人がマーシーの縁者《えんじゃ》だろうということは見当がついていた。マーシーは相続人に命を狙われると知っていたから日頃から用心深かったんだ」

写真立てが伏せてあったのは、そういう意味だったのか……。

たぶん唯一の身内だし、最初はあいつに相続させるつもりだったんだろう。だけど、彼女はあいつがああいう奴だというのを知ってしまったんだ。

「分からなかったのは、犯人がどうやってマーシーが息を吹き返したのを知ったかということだ。魔《セ》の法《レマ》が使われた形跡《けいせき》はなかったからな。それが分かったとき、犯人がどこにいるのかも分かったのだ」

「だから、どうして分かったんだよ？　魔《セ》の法《レマ》だとか言わないでくれよ」

「違う。おまえの目撃証言だ。おまえはマーシーの部屋に行ったとき、窓が開いていた、と言ったな」

「ああ、カーテンが揺れてたんだ」

「窓からは何が見えた？」

「ええと、向かいのビルが見えていた……」

あっ、と思った。

「向こうからもウッドさんの部屋が見えてたんだ！　『いつもおまえを見張っているぞ』っていうのは、ホッジスを見張ってるんじゃなくて、ウッドさんを見張ってたんだ！」

「その通り。あの男はマーシーの向かいの部屋を借り、日々彼女を監視していた。ホッジスと親しいこともそれで知った。あの日、ホッジスに殴られたマーシーはしばらくして目を覚ました。起ち上がり、ふらふらしたまま安楽椅子に座った」

「だから毛皮に血がついてたのか」

「そうだ。あの椅子は窓から外を眺められる位置に置かれていた。つまり向かいの部屋からもよく見えていたんだ。あの男はマーシーが息を吹き返したことに気付き、もう後がないことを知った。それでホッジスがやり損《そこ》なったことを自らの手で行うことにしたのだ」

《ファントム》は油のように滑らかに大通りを走行していく。

オートモービルに乗るのも慣れてきた。ひとことで言うと、素晴らしく快適だ。

「……ネロ。ひとつ聞きたいことがあるんだ」

「なんだ」

「さっき、あの男に何かしただろう。あれは、俺があんたを撃ったとき、俺にしようとしたことか？」

ネロはほんの少し躊躇《ちゅうちょ》してから認めた。

「そうだ」

「あの男は、どうなったんだ……どうなるんだ？　死ぬのか？」

「いや。死なせては逮捕した意味がないからな」

「寿命が縮《ちぢ》んだりとかは……？」

「いや。変わらない」

そうなのか……それじゃ、生命力を奪ったんじゃないのか。

「……一生、あのまま？」

「これから先の一生という意味なら、そうだ。だが余罪を考えればあの男は死刑は免《まぬが》れない。それまでの間だ」

だとしたら、あの男にとってはむしろ幸せなのかもしれない。

だけど……やっぱりゾッとする。あの男はまるで空っぽだった。自分というものをなくしたみたいだった。魂が抜けたような、という表現は確かに当たっている。

ネロは、あの男から何かを奪った。だけどそれは生命力とか精気とかとは違うものだ。

「ネロ。あんた、いつか俺に同じことをするつもりなのか？　服の弁償に」

ネロはハンドルを握ったまま前を見つめている。

「いや。おまえには労働で支払って貰うと言った筈だ」

「そうか……」

溜めていた息をホッと吐き出す。

とりあえず、廃人コースは避けられそうだ。

「それを心配していたのか」

「ああ。けど、もういい。あんたがそう言うなら」

本当は、あれが何なのか聞きたかった。

あの薄黒い触手のようなものは。そしてあれを使ってネロは何をするのか、ということも。

だけど、今日のところはやめておこうと思った。あまりにいろんなことがあってくたくただし、ネロはずたぼろだ。

「さて。帰って食事にしよう。今日はリブロースのステーキの筈だ」

「それはいいな」

ミセス・モローは屍用人だけど料理が上手い。

運転席のネロにちらりと目をやった。雑誌の表紙モデルみたいに完璧な横顔が見える。

アンブローズ・ネロはいったいどういう奴なんだろう。

「……ミセス・モローが二度手間だから、四十五階のメイン・ダイニングで一緒に食え」

もしかしたら、ネロはそれほど悪い奴ではないのかもしれない。

4

シモンは四十五階のペントハウスのキッチンで朝食を漁《あさ》った。

貯蔵庫にあるものは勝手に食っていいと言われている。だが、シモンでは屍用人《しようにん》のミセス・モローに命令できないので自分で作れるものだけだ。卵三つのサニーサイドアップとベーコンとオレンジジュース、それに焼き上がると飛び出すトースターでかりかりに焼いたトースト。これだけでも、一人暮らしの時に比べると贅沢《ぜいたく》だ。

螺旋《らせん》階段で事務所に降りるとネロがデスクでコーヒーを飲みながら新聞を読んでいた。

「……おはよう、ネロ」

「うむ」

ネロは青鉛筆を握り、難しい顔で新聞に印をつけている。

このところ、ネロが怖くなくなった。とりあえず、満腹したライオンと同程度には。

新聞を読むネロのすぐ脇に立って記事を覗き込む。

「ネロ」

「なんだ」

「首輪、外してくれよ。スーツの弁済が終わったら」

「駄目だ。おまえは一生ここで働くんだ」

ネロはじろりと横目でシモンを眺め、折りたたんだ新聞をばさりと投げてよこした。

「これをスクラップしておけ。あと社説も」

「……オーケー」

一日一度は首輪を外してくれと言っているのだが、ネロは一向に応じる気配はない。

溜め息とともに新聞をつかんだ。

数日前から、ネロが青鉛筆で印をつけた記事を切り抜いて新しいスクラップ帳に貼りつけるのもシモンの仕事ということになっている。楽だけど退屈な仕事だ。

これから一生、ここでスクラップ帳の整理をして過ごすんだろうか……。

「それが終わったら使いに行ってこい」

「うん」

「そういうときは、はい、と言うんだぞ、シモン」

小声ではい、と答える。なんだかネロは孤児院のシスターみたいに口うるさくなってきた。

それでも、ネロの使いで外に出るのはいい息抜きだ。

渡された買い物と届け物のリストは前回のより長い。ロウワー・イーストサイドの個人商店だけでなく、ミッドタウン五番街の高級デパートメントも含まれている。

「このデパートの『トーマス&サンズ』って店はなんだ？」

「オーダーメイド紳士服の老舗《しにせ》だ。そこでおまえのスーツを作ってこい」

「えっ？　なんでだよ」

「おまえを連れて外出するとき私が恥をかかないようにするためだ」

自分は恥ずかしい風体《ふうてい》だったのか、というのと、どこかに連れていく気があるのかというのが同時に浮かんだ。エスコート・サービス用のジャケットは持っているが、もちろんオーダーメイドじゃなくて吊るしの安物だ。

「俺、オーダーメイドの店になんか行ったことがないし、何をどう注文すればいいのか分からないよ」

「だから『トーマス&サンズ』で作れと言うんだ。話は通してある。向こうはプロだ。おまえは名前を言って採寸のあいだまっすぐ立ってるだけでいい」

「支払いはどうするんだ？」

「私のツケだ」

そういうことなら、まあいいか。仕事用の制服みたいなものだからネロが払うんだろうし。エスコート・サービスをしていたときと大差ない。

「夜までに帰ってこい」

「分かってるよ。夕食はシャリアピン・ステーキだろ」

「なんでそう思う」

「ミセス・モローが玉葱《たまねぎ》を大量にすり下ろしていたからさ」

「喰うことに関しては頭が働くようだな」

以前、シャリアピン・ステーキはシモンの好物だった。

肉なんかあまり喰えなかった頃にたまの贅沢として定食屋で注文していたのがそれだった。今は毎日が肉料理なのでちょっと飽きてきている。ネロが肉しか喰わないのか、ミセス・モローがステーキ料理しか出来ないのか。たぶん両方だろう。

屍用人《しようにん》に複雑なことをさせるのは難しい。屍用人は、死んでるからだ。でもネロは料理やら客の応対やらかなり複雑なことをミセス・モローにさせている。

それが０級の達人《アデプト》ってことなのか。

いや、ネロには級位なんか意味ないのだ。意味が無いから取ってない。その魔導レベルを決める試験そのものを作ったのがネロだという話は本当じゃないかという気がする。本人に訊く勇気はまだ出ないが。

「じゃ、行ってくる」

魔都と呼ばれるホワイトヘヴンは幾つもの顔を持っている。

ホワイトヘヴン南端の『ロウワー』は古くからある下町で、中央公園《セントラル・パーク》を挟んで東西に分断された『アッパーサイド』は金持ちの街だ。その二つのエリアの中間に位置するのが摩天楼《まてんろう》が建ち並ぶ華やかな繁華街『ミッドタウン』だった。

シモンはまずロウワーの用事を片づけ、戻る途中でミッドタウンのデパートメントに寄ることにした。ロウワーの古い個人商店は五十年も前からネロの馴染みだったような店だ。もちろん店の当主は代替わりしている。

「ネロさんって何歳くらいなんだ？　先代から贔屓《ひいき》にして貰ってるから、もう大分《だいぶ》お歳だろ？」

「さあ……俺は最近雇われたんで、分かんないです」

「いい人だって聞いてるよ。ずっと元気でいて欲しいもんだね」

「心配ないですよ。あの人、殺しても死なないから」

それは本当だ。ネロは撃たれても刺されても死なないのだから。歳については黙っているしかない。本当の歳がいくつにせよ、三十そこそこにしか見えないのだ。

ネロがいい人だなんて笑ってしまうけど、どの店でもネロの評判はいい。たぶん金払いがいいからだろう。事務用品店の店主からはこんな話を聞いた。

「十年くらい前だが、資金繰り《しきんぐ》が悪くて店を閉めるかも、って時、あの人がバインダーを千個注文したんだ。前払いで」

「へえ！　千個！」

「おかげで不渡りを出さずに済んだ」

いくら長生きしたってバインダー千個は使わないと思う。まだあのペントハウスのどこかに積んであるんじゃないだろうか。

ロウワー・イーストサイドの用事が片づいたのでトニー・リーのところに寄ろうかと思った。『リーの魔導よろず相談』はここからほんの一ブロックのところだ。だが、思い直した。失敗に終わったけど、ネロを倒す方法を考案したのがトニーだというのがばれたら面倒なことになるかもしれない。何があってもトニーには迷惑をかけないようにしようと決めたのだ。

そのまま高架鉄道でミッドタウン五番街のデパートメントに向かう。ファサードに万国旗がはためき、ショーウィンドウに色とりどりの商品が飾られた建物はまるでおとぎの国のお城みたいだ。

エントランス・ロビーには制服を着たドアマンと美人の受付嬢がいたが、無視して通り過ぎた。紳士服売り場はどこですか、なんて質問したらそれこそ物知らずだと思われる。

デパートメント・ストアはフロアごとに溢れるほどの商品が声高《こわだか》に客を誘惑する物欲の王国だった。誘惑に引っかからないように、なるべく前の方だけを見ながらエスカレーターを一階ずつ昇り、ついに七階の紳士服フロアに辿り着いた。

「すいません。俺、セラフィンっていう者だけど……」

「ようこそいらっしゃいました、セラフィン様。ネロ様より承《うけたまわ》っております」

『トーマス&サンズ』の白髪頭《しらがあたま》の店員はシモンを馬の骨と思ったかも知れないが、そんなことはおくびにも出さなかった。

「採寸いたします。こちらへ」

首回りの採寸のとき、黄金色の首輪を久しぶりに意識した。この首輪は、つけているのをほとんど感じないほど軽い。けれど、手で触れれば確かにそこにある。主に逆らったり、逃げ出したりしたら縮んで首を絞め上げる『奴隷首輪』だ。

この国にまだ奴隷制度があった頃に魔の法により大量に作られ、奴隷制の廃止とともに製造禁止になった。善良な市民は知らないだろうけど闇ではまだ流通しているし、高位の魔導師なら自分で作ることもできる。ネロみたいに。

店員はしかつめらしい顔で恭《うやうや》しくシモンの各部のサイズを測っている。ひどく気詰まりだが、共通の話題が何もない。頭を捻ったあげく、ようやくひとつ考えついた。

「……ネロはいつもここで服を作ってる?」

「左様《さよう》でございます」

そうか……。シモンが穴を開けて血塗《ちまみ》れにしたネロの三つ揃えもこの店のだったわけだ。

だが、それでも白髪頭の店員はにこりともしなかった。気まずさが最高潮に達したとき、不意に岩に刻んだみたいな店員の顔が緩んで青空のような笑顔になった。

「お疲れさまでした、セラフィン様。採寸完了致しました。明日には仮縫《かりぬ》いができあがります。調整致しますので、お手数でございますが一度お合わせに足をお運び下さいませ」

「仮縫い?　仕上がりじゃないわけ?」

「仕上がりまでは一週間ほどお時間を頂きたく存じます」

面倒なものだ。吊るしならその場で着て帰れるのに。

だが、とにかく終わったのでホッとした。スーツと一緒にシャツからネクタイとカフスまで一式、全て向こう任せで注文する。多少ぼったくられたってネロは気にしないだろう。

このまま帰るにはまだ時間が早かったので、地下鉄を一駅前で降りて中央公園内の径《みち》を歩いた。緑に囲まれたウェストドライブを一キロほど行けばペルデュラボー・アパートメントのある西七十一丁目に出られる。

空は青く、公園の木々は眼にも肺にも心地よかった。

ゆっくり深呼吸をすると、デパートメントにいる間中かちかちに緊張していたのに気付いた。ストリート育ちにはミッドタウンの高級デパートメントも慇懃《いんぎん》な仕立屋も縁がない。

屋台でソーダ味のアイスキャンディを買い、広場のベンチに座って食べた。舌が青くなるやつだが、かまやしない。

甘くて冷たいアイスキャンディを少しずつ齧《かじ》りながら公園の木々の向こうにそびえるペルデュラボー・アパートメントを見上げる。二つの頂《いただき》を持つ四十五階建ての摩天楼は巨大な怪物のように見えた。ネロはあの怪物の十%を所有しているのだ。ネロ自身も怪物みたいなものだが。

ネロはいったい『何』なんだろう。

ヴァンパイアじゃないと自分で言ってたけど、普通の人間じゃないのは確かだ。その上、ネロの正体と同じくらいネロの行動は謎だらけだった。

大金持ちのくせになんで探偵なんかやっているのか。

何のためにシモンに首輪をつけて奴隷にしたのか。

屍用人にできない仕事をさせるためと言ったが、何をさせるか考えていなかった。スクラップ帳の整理は後付けだ。シモンが駄目にした服を弁済させると言いながら給料を払っている。自分で自分に弁済金を払っているようなものだ。

そもそも、どうして自分を殺そうとした奴を身近に置こうなんて思ったのか。

いくら考えたって分かりっこない。怪物の頭の中なんて。

だけど、悪い怪物じゃないっていう気はする。

良い怪物と悪い怪物がいるとしたら、ネロは良い怪物だ。性格は悪いけど。

「さて……と」

そろそろ行くか。まだちょっと早いけど、今夜はシャリアピン・ステーキだし。

大きく伸びをし、アイスキャンディの棒をごみ箱に向かって投げた。

「ナイスシュート！」

聞き覚えのある野太い声に思わず振り向いた。

「元気そうじゃないか。シモン？」

公園のコンクリートの道路の上に縦縞《たてじま》ストライプの三つ揃いを着た象を思わせる巨漢が立っていた。

《剛腕《ごうわん》》ジム・オリファントだ。

「……オリファント……さん」

「探したぜ。てめえはヤサを引き払っちまう、ネロはぴんぴんしてるってのは、どういうわけだ？」

「それはその……」

しまった……なんて間抜けなんだ。オリファントにネロ殺しを依頼されていたのをすっかり忘れていたのだ。

ネロは、本当のところは悪い奴じゃない。

頼まれもしないのに店子《たなこ》のマーシー・ウッドを殺した犯人を捜し出し、誘拐された女の子を救出して親元に返した。シモンがサツに捕まって困ったことになったとき、ネロは保釈金を払ったうえ、無料で傷を治してくれた。

見た目はおっかないけど、本当は怖くない。孤児院のシスターみたいなものだ。

だが、オリファントは違う。《剛腕》と呼ばれるのは伊達《だて》じゃない。ホワイトヘヴンの裏社会でオリファントは腕《うで》っ節《ぷし》と肝《きも》っ玉《たま》で右に出る者がいないと言われている。

オリファントは任務に失敗したちんぴらを叩きのめしたり、鉛弾《なまりだま》をぶちこんだりすることに何のためらいもないだろう。

もし無人島に一緒にいく相手としてネロとオリファントのどちらかを選べと言われたら、躊躇《ちゅうちょ》なくネロを選ぶ。

「オリファントさん、これにはいろいろとワケが……」

「言い訳はあとでするんだな」

オリファントは口を半開きにして笑った。銜《くわ》えていた葉巻が厚い下唇に貼り付いてだらりとぶら下がる。

ゴリラめいた黒服の二人組に左右から挟まれ、抵抗する間もなくパッカードの後部座席に押し込まれた。脇腹に押しつけられている固いものは、どう考えても銃口だ。

車窓《しゃそう》から、木立の向こうのペルデュラボー・アパートメントに目をやる。

（ネロ……！　気づけよ！　あんたの足下《あしもと》であんたの下僕が攫《さら》われようとしてるんだぞ！）

だけど、たぶん気づかない。この前、殴られて留置場に入れられていたときも、言われた時間になって帰ってこなかったから探し始めたのだ。今日はまだ日も高いし、シモンが帰ってこなくてもネロは気にしないだろう。ネロが帰ってこない下僕に腹を立て探し始める頃にはもうシモンはイースト川に浮かんでいるかもしれない。

くそ……どうしたらいいんだ……？

オートモービルはミッドタウンの南の高級住宅街に入り、三軒分くらいの幅のあるタウンハウスの石段の前に停まった。石段にはがらの悪いのが二人座っていて、オリファントのオートモービルが近づくのを見ると慌てて鋳鉄《ちゅうてつ》の門扉《もんぴ》を開けた。黒服ゴリラに挟まれたまま石段を上り、豪奢《ごうしゃ》なレンガ造りのタウンハウスの神殿風の玄関口から建物に入る。

「歩け」

腰の辺りを銃口でごりごりされながら赤い絨毯《じゅうたん》の敷かれた廊下を歩く。

もの凄《すご》く拙《まず》い状況だ。

拙い状況だけど、まだ希望の芽《め》はある。

こんな高価そうな絨毯の上で撃ち殺す筈《はず》ないからだ。問答無用に殺すつもりならさっさとどこかの路地か廃工場にでも連れ込んで引《ひ》き鉄《がね》を引いている。

そうしないでここに連れてきたのは、まだ申し開きの余地が残されているという意味じゃないか。

「入れ」

その部屋は、豪華さと趣味の悪さは紙一重《かみひとえ》だということをシモンに教えてくれた。紙一重で趣味が悪い方だ。全体の印象は高級チョコレートの包み紙めいていて、そこに金に飽かせて買い漁《あさ》ったと思《おぼ》しき美術品や骨董品《こっとうひん》が無秩序に鎮座《ちんざ》している。

金ぴかの部屋の長いテーブルの一番奥の王座めいた席にひとりの痩せた老人が座っているのが見えた。身に纏《まと》ったスーツは最高級の鎧《よろい》を思わせ、半白髪のため灰色に見える髪は一筋の乱れもなくぴったりと頭に撫で付けられている。鷲鼻《わしばな》で眼光は鋭く、ナイフで削《そ》いだように鋭い顔立ちだった。

オリファントはシモンを銃口でつつき、男の方へと歩かせた。

「連れてきやした、ボス」

ボス？

オリファントはスカンデュラ一家の大番頭で、それより上にいる人物はひとりだけの筈だ。

《顔役》ニック・スカンデュラ……！

スカンデュラ一家の首領。ホワイトヘヴンの夜の支配者。

シモンのような最底辺のちんぴらからしたら雲上人《うんじょうびと》みたいなものだ。

なんでだ……？　なんで自分のような小物が《顔役》ニックのところに連れて来られたんだ……？

「こいつがそうです。シモン・セラフィン。ネロを殺る《や》筈が、奴に寝返りやがった。ちゃっかり奴のヤサに住み込んで使いっ走りをしてやがる。どうしやすか？」

冷や汗が出てくる。

ホワイトへヴン・ギャングが一番嫌うのが、裏切りだ。裏切り者の末路《まつろ》は決まっている。コンクリート・バケツの刑だ。生コンクリートで足を固め、そのまま海に放り込む。アッパー湾の海底にはコンクリートで両足を固められた骸骨《がいこつ》が山ほど沈んでいるという。

厭《いや》だ……コンクリートで固められるのも、海底で魚とキスするのも厭だ……！

「ボス。コンクリ用意しやすか？」

《顔役》ニックは無言のままシモンを眺めている。氷のかけらみたいな眼には一片の暖かみもなかった。

下手な命乞いは通用しない。言い訳もだ。

ギャングは言い訳を嫌う。拙い言い訳をした時点でアウトになる可能性が高い。

だとしたら、あとは自分の演技力に賭けるしかない。

頭の中でストーリーを組み立て、くるりとオリファントの方へ向き直った。

「オリファントさん！　ひどいじゃないですか！　あんな役立たずの銃を渡しておいて俺のせいにするなんて！」

「役立たずだと……？」

「俺はちゃんと命令通りやったんだ！　あんたに渡されたあの銃でネロを撃った！　けど、ネロはあれを三発胸に食らっても平気だった！」

「平気とはどういう意味だ？」

「三発とも命中したのに、死ぬどころかぴんぴんしてたんだ！」

「奴はボディアーマーでも着込んでたってのか？」

「違う！　弾はあいつの身体を貫通《かんつう》した！　ネロは血をだらだら流しながら俺の手をひねって銃を取り上げたんだ！　あんたは、銃じゃ奴を殺せないって知ってて俺にやらせたんだ！」

「血を流しながら、だと？　いい加減なことを言うな」

「嘘じゃない！　床に血が溜まってた！　俺は血で滑《すべ》って起き上がれなくて奴に胸を踏まれて……」

このへんは全部本当だから、すらすら言える。

「ふーむ。どう思いやす？　ボス」

「……興味深い」

初めて聴くニック・スカンデュラの声は、低く嗄《しゃが》れていた。

「奴が不死身だという噂は、本当なのか……」

「それが本当だとしても、こいつがネロの使いっ走りをしてた言い訳にはなんねえじゃねえすか」

「待ってくれよ！　ネロの奴にこれを付けられたんだよ！」

首輪がよく見えるようにネクタイを弛《ゆる》め、第一ボタンを外して襟《えり》をはだけた。

「奴隷首輪だよ！　逆らったら首が絞まる。だから俺はあいつの言うことを聞くしかないんだ！」

「ああ？　それが奴隷首輪だと？　随分と洒落《しゃれ》てるじゃねえか。なんなら俺が外してやろうか？」

オリファントは野球のグローブみたいな手でシモンの襟首をつかみ、テーブルの上にねじ伏せた。

あっと思う間も無い。顔が映りそうに磨《みが》き上《あ》げられたテーブルとキスしながらなんとか顔を横に向け、眼の端でオリファントを睨んだ。

「外せるもんならとっくに外してるよ！」

「なに、てめえの首を胴体から切り離しゃあ外れるさ」

ナイフの腹がひやりと首筋に触れる。ここで殺る筈はないと思う……思うが、肝は縮み上がっていた。

「ジム。やめとけ」

ニック・スカンデュラの静かな一言でオリファントは黙ってシモンを解放した。

寿命が縮んだ……まだ残り時間があればの話だが。

《顔役》に目をやる。問題はスカンデュラが今の小芝居をどう見たのかだ。納得するか、少なくとも面白がってくれないと拙い。でなければ一巻の終わりだ。

スカンデュラはこちらには一瞥《いちべつ》もくれず、奥の続き扉の方に声をかけた。

「先生」

嗄れた声が言うのと同時に続きの間の扉が開き、一人の男が姿を現した。

真っ白なスーツ。その上に金銀の縫い取りのあるマントを羽織《はお》っている。魔導師のマントだ。トニーが持ってるのの百倍くらい豪華だし、値段もそれくらいしそうだ。

たぶん、スカンデュラ一家のお抱え魔導師なんだろう。ホワイトヘヴンでは、ギャング団の勢力は強い魔導師を雇っているかどうかに左右される。

「先生はどうお考えで」

「ふむ」

先生と呼ばれた男はどことなく爬虫類《はちゅうるい》めいていた。眉はほとんどなく、切れ長の眦《まなじり》は鋭く吊り上がり、ひいでた額《ひたい》の生え際と同じV字を描いている。プラチナブロンドの髪はオールバックで、肩にかかるほど長かった。

男はばさりとマントを翻《ひるがえ》し、気取った足取りで近づいてきた。身をかがめ、間近で首輪をじろじろと眺める。思わず身を退《ひ》くと、同じだけ間を詰めてきた。男の息が顔に掛かった。甘い爽《さわ》やかな匂い。ミントの匂いだ。

「ああ……なるほど確かにこれは奴隷首輪に間違いない」

オリファントが疑わしげな声を出した。

「本当ですか？　先生」

「君は、私の見立てが信用できないというのかね？　セレマ超一級、ホワイトヘヴンに並ぶ者なき偉大な魔導の達人であるこの私の？」

「いや、そういうわけじゃねえんで……」

「これは奴隷首輪だ。見たところ、かなりの仕事ではある。まあ、私ほどではないがね。術者の意思、術者からの距離、時間経過で発動するタイプだ」

「ほら！　俺の言った通りだろう！　俺はネロに寝返ったんじゃない！　仕方なく従ってるんだ！」

シモンは勝ち誇って叫んだ。

「俺はちゃんとネロを撃ったんだ。奴が死ななかったのは、俺のせいじゃない。奴隷首輪をつけられたのもだ。俺のせいにするなんて筋違いだ！」

「坊主。調子に乗るな」

ニック・スカンデュラの低い嗄れ声に跳び上がりそうになった。雲上人に直接声を掛けられるなんて思ってもみなかった。

「す……すいません、スカンデュラさん……」

「ネロは、おまえをペルデュラボーのペントハウスに住まわせてるのか」

「そ、そうです。死ぬまで働けって言われて……」

「貴様はそこで何の仕事をしているのだ」

「その……スクラップ帳の整理です、スカンデュラさん」

オリファントが失笑した。だが、スカンデュラが笑わなかったのですぐにしかめ面を取《と》り繕《つくろ》った。

「あそこで奴は何をしている？」

「何を、って言われても……。探偵仕事は、ほとんどしてません。朝起きて、喰って、新聞を読んで……夜寝ます」

「普通の人間みたいにか？」

「そうです……」

と、言ってもそれほどよく知っているわけではない。同じペントハウスで寝起きしていても顔を合わせるのは日に数度だ。

「奴は、何を喰っている？」

「ステーキです」

ニック・スカンデュラは眉を吊り上げた。

「なんだと？」

「あ、その、何を喰ってるかって言えばネロは毎晩ステーキを喰ってるんです。サーロインとかランプとかリブロースとかラムステーキとか……」

「大蒜《にんにく》は？」

「山盛りです」

「他は……？」

「ええと、赤ワインを飲んでます。サンテなんとかとか、ローヌとかいうヤツ。あと付け合わせの茹《ゆ》でたニンジンとかジャガイモとかも。作ってるのはミセス・モローっていう屍用人の女なんですけど料理が上手くて……」

「もう、いい」

本当は、他にもある。

薄黒い触手で人間から奪う何かだ。奪われた人間は、魂が抜けたみたいになる。

だけどあれが何なのか分からないし、それに言ってはいけない気がした。ネロはあれを見られるのを嫌っていた。

「先生。どうお考えで」

「私の正しさが証明されたのだ。ミスタ・スカンデュラ」

マントの魔導師は得意満面だった。

「ネロが不死身だという証明はもう充分だろう。だが、ヴァンパイアなどではない。奴は生身の人間だ。肉も喰うし太陽の下で滅《めっ》することもないのだ」

「そうらしいな」

いったい何の話だ……？

スカンデュラは考え込んでいる。一つだけはっきりしているのは、シモンの運命は《顔役》の胸三寸で決まるということだ。

《顔役》の残酷な気紛れさはよく知られている。気紛れに殺すなら、気紛れに慈悲深さを発揮したっていいんじゃないか……。

「シモンと言ったな」

「はいっ！　スカンデュラさん……！」

「もう一度チャンスをやろう。ペルデュラボーに行け」

「ネロを殺るんですか……？　無理です！　奴は撃たれても刺されても死なない怪物なんだ……」

「殺れとは言っていない。貴様の仕事は奴の見張りだ」

拍子抜けした。

「見張るだけ……ですか？」

「そうだ。貴様は近くで奴の行動を監視し、報告すればいい。報酬ははずむ」

それを聞いて、ホッとした。ネロを殺さなくていいのか……。

テーブルの上に無造作にぽんと札束が放り投げられた。

「これは前金だ」

札束。すごい。百ダレルの束がふたつ、いや三つだ。

「ホントに、奴を殺さなくていいんですね……？」

「自分で無理だと言っただろうが」

「……だけど、奴にバレたら首輪が絞まるんで……」

「もし、貴様がうまくやれたら外してやろう。先生、できますかな」

「もちろんだ」

マントの魔導師は即答した。

「外せるんですか……？　俺の知ってる魔導師は、これは一級魔導師でも外せないって言ったんですが……」

「まあ、それは無理からぬことだ。たいがいの魔導師はそれがアンブローズ・ネロの仕事だというだけで怖《お》じ気《け》づくだろう。だが私は超一級だ。ネロなど恐るるに足らぬ。この私こそがホワイトヘヴン随一の魔導師なのだからな！」

本当に外せるんだろうか。とにかくこの自称超一級魔導師は自信満々だ。

ネロを殺さなくていいし、金も貰える。そのうえ、うまくしたら首輪を外して貰えるかもしれない。

こんな良い話ってないいんじゃないか……？

シモンはテーブルの上の札束にすっと手を伸ばした。

「やらせて頂きます、スカンデュラさん」

◆◆◆

アンブローズ・ネロはペルデュラボー・アパートメント四十四階事務所のデスクの引き出しから報告書をとり出した。

『シモン・セラフィンに関する調査報告書』

探偵の同業者に依頼していて数日前に届いたものだ。既に眼は通してあるが、今日はシモンがいないからゆっくり検討することにした。

シモン・セラフィン。推定二十歳《はたち》。

はっきりしないのは母親がきちんと届けを出していなかったからだ。父親は不明。母親はベルナデット・セラフィン。十七年前に死亡している。

このベルナデットは魔導高等専門学校の卒業生だった。成績優秀で卒業時の級位は準一級。かなり才能があったわけだ。にも拘《かか》わらず、息子のシモンは十一級にも合格できない。

魔の法を操《あやつ》る力は、必ずしも親から子に伝わる訳ではないが、ここまで極端な例は珍しい。十一級を取れないということ自体、珍しいのだ。

本当に全く駄目なのか？　記録では確かに十一級の試験を二度受け、二度とも落第している。その後は諦めたのか受験していない。稀《まれ》にそういう人間はいる。生まれつき魔の法の才能が完全に欠落した魔の法不能者だ。だがシモンの場合、それとも少し違うような気がするのだ。欠落ではなく、何か違ったものがあるような印象を受けた。それが何かは分からないが。

シモンは母親の死後、教会附属の孤児院に預けられ、十五までそこでシスターたちに育てられた。あの顔なのでシスターたちはシモンに甘かったらしい。だが、子供は依怙贔屓《えこひいき》に敏感だ。贔屓を理由にいじめられ、友達ができなかった。

唯一の例外はトニー・リーという少年で、報告書には「いつも二人でつるんでいた」と書かれていた。

トニーは真面目で出来が良く、魔導高等専門学校に進学して魔導師の資格を取っている。調査報告書に添付されたトニー・リーの写真には手描きで「親友」という注釈がついていた。

ネロはにやりと嗤《わら》った。

シモンにヴァンパイア退治の秘策を授《さず》けたのは、このトニーに違いない。シモンが下手な嘘をついて必死にかばったのが何よりの証拠だ。

あれはなかなか面白いアイディアだったが、残念ながら効果がなかった。あんなものではアンブローズ・ネロは殺せない。

友人が高等専門学校で学んでいた頃、シモンの方は通りに立つ女たちに小遣いを貰って暮らしていた。特定の女のヒモではなく、女たちが皆でシモンを共有するような形だったらしい。

あの甘い顔と案外素直な性格のお陰で可愛がられていたが、そのうちに女たちの元締めの目に留まって組織の別部門で雇われるようになる。富裕層の女性のためのエスコート・サービス、つまり企業化したジゴロだ。このことについては、シモンの話に間違いはなかったわけだ。

このエスコート・サービスを裏で牛耳《ぎゅうじ》っていたのがスカンデュラ一家の大番頭、《剛腕》ジム・オリファントだった。ここでスカンデュラ一家と繋がってくる。

シモンはエスコート・サービス業の合間にオリファントの使い走りのような半端仕事もしていたらしい。そこでアンブローズ・ネロ殺しの鉄砲玉要員に抜擢《ばってき》されたのだろう。あの甘い顔なら守衛に警戒されないからだ。

オリファントはシモンに魔弾《まだん》を装填《そうてん》した銃を渡し、アンブローズ・ネロを殺ってこい、と言ったのだ。成功する可能性はゼロに等しいと知りながらだ。

いや……本当に、可能性はゼロだったのか？

気になることがある。

マーシー殺しの犯人を取り押さえに踏み込んだとき、シモンはもう少しで撃たれるところだった。あれは自分のミスだ。迂闊《うかつ》だった。あの状況で、犯人がシモンの方に銃を向けるとは全く予想していなかったのだ。幸運にも弾は外れた。それはいい。

いいのだが、奇妙だ。シモンは弾丸が見えた、と言った。自分目がけてまっすぐに飛んでくる弾を見た、と。

魔弾を見た者は決して助からない。

魔弾の射手《しゃしゅ》が犠牲者を目視《もくし》し、殺すべき相手を決定して引き金を絞ったとき、魔弾と殺されるべき者との間に強い関連性が生じ、殺されるべき者の眼にははっきりとそれは映る。

あれは魔弾だった。自分も二発喰らったから間違いない。放たれた魔弾が自分に向かってくるのを見たシモンは殺されるべき者として決定済みだった。

にも拘わらず、魔弾は逸《そ》れたのだ。

いったいどういうことなのか。シモンには特別な何かがあるのではないか……?

奇妙なのはそれだけではなかった。

(さっき、あの男に何かしただろう。あれは、俺があんたを撃ったとき、俺にしようとしたことか?)

最初の謎は、それだった。

あのとき、何故シモンにあれを出来なかったのか……?

自分でも分からなかった。

あまりにも若いからか? 無垢《むく》だからか?

いや、奴は無垢なんかではない筈だ。ジゴロで生計を立て、殺しで名を上げようとする若者が無垢なわけがない。

シモンをこのペントハウスに置こうと思ったのは、それもあった。何故出来なかったのか疑問だったからだ。しばらく観察してみたが、これといって変わったところはなかった。拍子抜けするくらい普通の若者だ。

シモンにはやたらと顔が奇麗だという以外何も取り柄がない。

特技と言えるのは甘い笑顔でマダムのご機嫌をとることだけ。物知らずなうえ、ギャングの鉄砲玉を引き受けるようでは頭もあまり良いとは言えない。

いや、考えてみると顔以外にひとつ取り柄があった。

マーシー・ウッドが殺されたときのことだ。

――一人暮らしの年寄りで脚が悪いって言ってたし……一人で倒れてたりとか――

シモンは、倒れているかもしれない年寄りを助けに部屋に踏み込むことに何の疑問も躊躇《ためら》いも持たなかった。奴にとってそれはごく自然な、当然の反応だったのだ。

見知らぬ他人を思い遣るというのは案外難しいもので、自然にこれが出来る人間はそう多くない。だが、シモンは会ったこともない老女を助けるために部屋に飛び込んだ。

周囲の環境のせいで見えづらくなっているが、奴は本質的な部分で善良なのだ。

シモンの取り柄をもう一つ思いついた。

シモンは、アンブローズ・ネロを恐れない。

若さゆえの大胆さなのか、それとも恐れることを知らないほど愚《おろ》かなのか、とにかくシモンはネロを恐れないのだ。近頃のシモンの振る舞いはライオンの檻《おり》に入り込んだネズミにも似ている。小さ過ぎてライオンの牙の隙間からこぼれ落ちるのを知っているネズミに。

誰もがネロを恐れる。

絶大な魔の法の力を知る者も、知らない者も。

魔の法の力を知る者は挑《いど》んでくるか、或いは畏《おそ》れて近寄らないかのどちらかだった。

魔の法の力が分からない者も富の力は理解できる。そしてその富の前にひれ伏す。富の力は、誰に対しても平等だ。もともと人と親しく接する方ではなかったが、富を手に入れてからはその傾向がさらに強くなった。絶大な魔の法の力と有り余る富の両方がネロから人を遠ざけたのだ。

それでいいのだ。

自分には親しい者など必要ない。屍用人とゴーレムさえいれば事足りる。屍用人は死なないし、ゴーレムは壊れたら直せばいい。もう長い間そうしてきた。

壁の時計が七時を告げる音が事務所の静寂を破った。

シモンの奴、何をしているんだ……？

いらいらとデスクを指で叩く。

あの馬鹿はまた何かトラブルに巻き込まれているんじゃないだろうな……。

最初に使いに出したとき、奴の帰りが遅かったのは教会に忍び込んで対ヴァンパイア武器を仕込んでいたからだった。二度目に遅かった時は殺人犯に殴られて気絶し、留置場に放り込まれていた。

首輪に込められた《探索》を使えばシモンがどこにいるのか分かる。生きているのか死んでいるのかもだ。

背筋がひやりとした。もちろん奴は死ぬこともあるのだろう。

シモンは魔の法が全く使えない。身を守る術《すべ》を何も持たないのだ。

魔弾が逸れたのは、たまたま犯人がシモンを完全に目視捕捉しないうちに引き金を引いてしまっただけなのかもしれない。奴には特別なところなど何もないのだ。

《探索》を使おうかどうしようか考えているとき、四十四階にエレベーターが到着する音がした。

シモンの馬鹿めが、やっと帰ってきたか……。

細く息を吐き、調査報告書を引き出しに仕舞った。

のんきな顔でシモンが部屋に入ってくる。

「ネロ。言われた仕事は全部済ませたよ」

「のろまめ。ミセス・モローより遅いぞ」

シモンは一瞬ひるんだ顔をした。

「その……『トーマス&サンズ』で時間がかかったんだ」

「たかが採寸にどれだけかかるんだ」

「だって、初めてだから慣れてなくてさ。オーダースーツってあんなに何ヵ所も測るなんて知らなかったよ。右腕と左腕を別々に測るとか」

「当たり前だ。人間の腕の長さは左右で微妙に違う」

「仮縫いができたら合わせに来いだって！　なんだってそんなに何度も合わせなきゃならないんだ？」

「一流の仕事とはそういうものだ」

「分からないからシャツもネクタイもカフスも一式全部向こう任せで頼んだんだけど……それでよかったのか？」

「ああ。おまえが選ぶよりずっといい」

「青系でまとめるだってさ。俺、青いシャツなんて着たことないよ。ああ、ガキの頃にシスターに着せられてた揃いの服は別としてさ」

ネロは興奮した様子で喋《しゃべ》っているシモンを眺めた。

まるで子供だな。

まあ、子供みたいなものか。こいつは生まれて二十年しか経っていない。空恐ろしいほど若いのだ。粧《めか》したつもりでジゴロ仕事用の派手なジャケットを着込んでいるが、既製品はシモンには幅が大き過ぎて肩が落ちているし、背中に変なしわが寄っている。

コリンズ一級刑事はシモンを奇麗な顔のちんぴら、と呼んだ。

唇がにやりと笑いに歪《ゆが》む。

コリンズは上手いことを言う。まさしくその通りだ。

何か特別なところがあるかどうかは別として、今のシモンは奇麗な顔のちんぴら以外の何者でもない。だが、ちゃんと身に添ったスーツを纏《まと》えば見違えるようになる筈だ。

もう一度シモンに目をやる。

確かにこいつの青い目には青が映えるだろう。『トーマス&サンズ』の見立てには間違いがない。

「ミセス・モロー。食事の支度を始めてくれ。二人分だ」

「はい、二人分のお食事の支度をはじめます」

考えてみると、九十年ぶりだ。生きている人間と同じ家で暮らすのは。

熱に浮かされたように一気に喋ったシモンは今度は落ち着かない様子で上目遣いにこちらを見ている。

「ネロ」

「なんだ」

「あのさ……首輪、外してくれないかな。俺、逃げないから」

「駄目だ。おまえは逃げるに決まっている」

「ちぇっ、信用がないんだな」

「何か私の信用を得られるようなことをしたか？」

シモンは風船がしぼむようにふーっ、とため息をついた。

「そうだよな……」

「随分素直だな」

「俺、いつも素直だろ」

言いながら上着のポケットに手を突っ込み、その中にある何かに神経質に触っている。

不意にあたりに甘い匂いが馥郁《ふくいく》と広がった。それは、ネロにとってはなじみ深い匂いだった。

「シモン。おまえがポケットの中に持っているものはなんだ？」

「べ……別に何も……」

「嘘をつけ。悪業の匂いがぷんぷんするぞ」

熟《う》れきった果実にも似た甘ったるい罪と悪徳の匂い。紛《まぎ》れもない『悪』の匂いだ。

その匂いは、明らかにシモンのポケットから発していた。

「ポケットの中のものをデスクの上に出せ！」

まるで悪戯《いたずら》が発覚した小学生のようにシモンはそろそろとポケットに手を入れ、札束をとり出してデスクの上に置いた。三百ダレルほどもある。紙幣《しへい》はよれよれで、数えきれない手を経《へ》てきているのが解る。

「その金はどうした」

「……こ、小切手を換金したんだ」

「嘘をつくな。換金されたのは百ダレルだけだ」

これほど悪の匂いの染みた金が銀行や交換所から払い出された筈がない。これは訳ありの金、悪にまみれた金だ。

「盗んだのか？　どこから盗《と》った？　言え！」

「違う！　盗んだんじゃない！　貰ったんだ！」

「シモン。おまえは嘘が下手だ。誰がそんな大金をおまえにくれると言うんだ？」

シモンは震えるようにひくっ、と息を吸い込んだ。

「……スカンデュラだよ！　ニック・スカンデュラがくれたんだ。仕事の報酬としてだよ」

「私を殺すのに失敗したおまえにスカンデュラが報酬を払っただと？　馬鹿も休み休み言え」

それから、ふと眉を顰《ひそ》めた。

「スカンデュラに会ったのか。よく生きて戻れたな」

「そ……そうだよ。オリファントに見つかってスカンデュラの屋敷に連れていかれて……」

初めは指先だけだった小さな震えが見る間に全身に広がって今やシモンはがくがくと震えていた。

「何故かは分からないけど、あんたを殺すのは取《と》り止《や》めになったんだ……あ、あんたを見張るだけで金をくれるって……」

「それで引き受けたのか」

「だって、こんなうまい話、断る理由がないだろ……？　それに……」

「それに、何だ」

ソーダ水のように青い瞳が上目遣いにちらりと見上げる。

「……うまくやれたらスカンデュラのお抱え魔導師が首輪を外してくれるって言ったんだ」

「なんだと……？」

理解できないほどの怒りに目の前が赤く染まった。

「馬鹿め！」

「どうせ俺は馬鹿だよ！　けど、あんたは外してくれないじゃないか！」

「だから引き受けたのか……？　馬鹿め……！」

なぜこれほどの怒りを感じるのか自分でも理解できない。

スカンデュラの言いなりに監視を引き受けたからか？

いや。違う。

シモンの馬鹿めが他の魔導師に首輪を外して貰おうなどと浅はかなことを考えたからだ。

一生外さないなんていうのはただの脅《おど》しで、いずれは外してやるつもりでいたのだ。案外真面目な仕事ぶりだったから、スーツの弁済が終わったら外してやってもよかった。

それを、他の魔導師に外させるだと？　このアンブローズ・ネロの仕事を……？

「……その大言壮語《たいげんそうご》はなんという名だ？」

「たいげんそうご、って……？」

「首輪を外すと言った魔導師だ！」

「あ！　そうか。ええと……名前は言わなかったんだ。自分はセレマ超一級でホワイトヘヴン随一の魔導師だって言ってたけど……」

「笑わせてくれる。特徴は」

「よく喋る派手な男だった。肩まであるプラチナブロンドで、白いスーツの上に派手なマントを羽織ってて……」

シモンは何かを思い出そうとするように瞼《まぶた》を閉じた。

「……ミントの匂いがした」

「ふむ。なるほどな」

その特徴すべてに合致《がっち》する魔導師は、世界広しといえどおそらく一人しかいまい。

「出掛けるぞ。シモン。ついてこい」

「ど、どこに？」

「ニック・スカンデュラのところだ」

「えっ！　あんたと行ったりしたら、俺は殺されちまうよ！　あんたを監視することになってるのに！」

「私に殺されるのとどっちがいい？」

シモンの首の周りに透けて視える黄金色の輪に意識を向け、一インチほど縮めてやった。皮膚と輪との間の隙間がほとんどなくなり、ゆっくりと喉を締めつけ始める。

シモンは目を白黒させて叫んだ。

「い……行くよ！　行けばいいんだろう！」

「よろしい」

ぱちんと指を鳴らし、首輪を緩めてやる。

「覚えておけ、シモン。うまい話には必ず裏がある」

◆◆◆

《ファントム》の黒光りする車体の傍《かたわ》らでネロが訊いた。

「スカンデュラのヤサはどこだ」

「ミッドタウンの高級住宅地だよ。オリファントの車に押し込まれて連れてかれたから道筋はよく分からない」

「それはこいつが教えてくれる」

ネロはシモンから取り上げた札束から一枚を選んで抜き取り、それを折ってほっそりとした紙飛行機を作った。紙幣の紙飛行機はふわりと浮き上がり、滑るように飛行し始めた。

「よし。おまえの属する者の所へいけ！」

風を切って飛ぶ紙飛行機を追ってブロードウェイを南に向かって車を走らせる。やがて紙飛行機は高級住宅地に入り、レンガ造りのタウンハウスの石段に落ちた。

間違いない。あの家だ。

昼間とは違うがらの悪いのが二人、石段に座っている。ご苦労なことだ。だけど、ほんの少し運命が違ってたら今ごろ自分もあそこに座っていたのかもしれない。

ネロはタイヤを軋《きし》らせて《ファントム》をタウンハウスの前に横付けした。

「怪我をしたくなければそこをどけ」

「なんだてめえ」

手も触れないのに、石段の前の鋳鉄の門扉がひとりでにがらがらと開いた。

「こいつ、魔の法を遣《つか》うぞ！」

がらの悪い見張り番二人はジャックナイフの刃を振り出した。刃が街路灯を反射して白く光る。

「邪魔だ」

ネロが掌《てのひら》を前に突き出す。見張り番の身体が宙に浮き上がった。悲鳴を上げながらどんどん高く昇っていく。

「おい、あいつらどうすんだよ⁉」

「ちょっとどいていてもらうだけだ」

二人は四階建てのタウンハウスの屋上に着地した。えらい「ちょっと」もあったものだ。ネロは石段を上り、神殿風の玄関口の呼び鈴を押す代わりにドアノブに掌を触れた。

ばきばきばき！　と、不吉な音がする。

「いま鍵を壊しただろ……」

「気にするな」

勝手にドアを開け、赤い絨毯の敷かれた廊下をどかどかと歩いて行く。

「スカンデュラ！　どこだ！　アンブローズ・ネロが会いに来てやったぞ！」

もうちょっと穏便な言い方とか、出来ないのか……？

この大騒ぎで当然のごとくスカンデュラの手下が奥からわらわらと現れた。

「かちこみか!?」

「ニック・スカンデュラに用がある。アンブローズ・ネロが会いに来たと言え」

「ざけんじゃねえ！」

手下どもは一斉に銃を抜き、銃口を向けた。

やばい……！　ネロは撃たれても平気かもしれないが、こっちにだって弾は飛んでくる。

ネロがぱちんと指を鳴らす。

手下どもの手の中の拳銃はその手を離れ、磁石に吸い付けられたようにばたばたと音をたてて一つ残らず天井に貼り付いた。

「てめえ……！　魔の法遣いか！」

「私を知らないとは、もぐりだな」

再び指を鳴らした。

その途端、今度は手下ども自身が鉛の兵隊みたいに廊下の壁に一列になって貼り付いた。

「しばらくそうしていてくれ」

「畜生！　てめえらぶっ殺す！」

壁の両側に貼り付いたまま罵《ののし》り声を上げている手下どもの前を歩くのは勇気が要《い》った。罵詈雑言《ばりぞうごん》の真ん中を、目を合わせないようにしてそろそろとネロについていく。

「スカンデュラに会ったのはどの部屋だ？」

「その先の部屋だよ……でもあんたが先に行ってくれよ」

ドアを開けた途端に機関銃掃射《そうしゃ》の雨が降るかもしれない。

ネロは狼の微笑さながらに歯を剝《む》き、そしてドアを開けた。

機関銃の雨は降ってこなかった。

高級チョコレートの包み紙めいた金ぴかの部屋の長いテーブルの一番奥に《顔役》ニック・スカンデュラが座っている。その傍らで身構えているのはジム・オリファントとその手下だ。

スカンデュラは無言でネロを凝視していた。誰だ、とは言わなかった。たぶん分かっているのだろう。

「貴様がニック・スカンデュラだな」

「いかにも」

「そうか。私はアンブローズ・ネロだ」

突然、目に見えない手に襟首のあたりをつかまれた。そのまま子猫みたいに空中に吊り上げられる。

「ちょ……ちょっ……何すんだよ！」

抗議も空《むな》しく勢いをつけてテーブルの上に放り投げられた。ボーリングの球よろしく頭からテーブルの上を滑っていく。

うわーっ！　止まれ！　止まってくれ……！

その内なる叫びが叶ったのか、勢い良く滑っていた身体はテーブルの真ん中あたりで止まった。

ネロとスカンデュラのちょうど中間だ。

いったい、どうすればいいんだ……？

「この馬鹿に私を監視させるとは、どういうことだ？」

「さすがだな。もう気づいたのか。ミスタ・ネロ」

「私を誰だと思っている。こんなちんぴらにアンブローズ・ネロを騙《だま》せるとでも思ったか」

ネロはシモンから取り上げた札束をテーブルに叩きつけるように置いた。

「汚い金は返しておこう。受け取れ」

「貴様……！　スカンデュラさんになんて口の利き方だ！」

オリファントと手下が銃を抜く。

「ほう。やるか？」

ネロが二本の指を立て、にやりと嗤う。

「おまえら。やめとけ。部屋から出てろ。ジム。おまえもだ」

オリファントは驚いた顔でスカンデュラを振り返った。

「しかし、ボス……」

「心配するな。ミスタ・ネロは紳士だ」

言葉は柔らかだが声は鋭い。オリファントはしぶしぶ金ぴかの部屋から出ていく途中、テーブルの上のシモンを凄い眼つきで睨みつけた。

「その節は失礼をした、ミスタ・ネロ。実はあんたに会いたいと思っていたところだ」

「私を殺すのはやめにしたのか？」

「ああ。あれは本気じゃない。あんたをちょっと試させて貰っただけだ」

「いい度胸だな」

「見くびらないでくれ。俺はニック・スカンデュラだ。肝っ玉がなけりゃこの地位にいない」

スカンデュラは二つのショットグラスに鮮《あざ》やかなレモン色の酒を注《つ》いだ。

「リモンチェッロだ。口に合うといいが」

「ふん。甘い酒は好みじゃない」

ネロはグラスをシャンデリアの灯《あかり》に透かすと、一息に飲み干した。

「……悪くはないな。ストリキニーネの苦味《にがみ》が利《き》いている。グラスに毒を塗っておくとはいい趣味だ」

氷の欠片《かけら》みたいな眼に軽い驚きの色が浮かぶ。

「致死量《ちしりょう》だ。なんともないのか」

「残念ながら、毒で私を殺すことはできない」

「飛び道具でもか」

「そこの馬鹿者の話を聞かなかったのか？」

シモンの方をあごで指す。

「あんたを三発撃ったと言っていたな」

「その通りだ。ついでに杭《くい》で突き刺してくれたぞ」

スカンデュラがこっちに視線を向ける。

「本当なのか？　シモン」

「本当だ！」

どっち側に逃げたらいいのか分からないので仕方なくテーブルの真ん中で頭を抱えたまま怒鳴った。

「銃で撃っても死ななかったからヴァンパイアかもしれないと思って教会のベンチの板で作った杭で刺したんだ！　けどネロは杭を引っこ抜いて、すぐステーキを喰ってた！」

「いや。あの日はラムローストだった」

「呆れたものだ」

スカンデュラが乾いた声で笑った。

そういえば確かに呆れたものだった。あの日のネロは。

ネロはいつも呆れた奴だが、あの日は特にだ。血塗《ちまみ》れのまま仔羊肉をがつがつ喰い、赤ワインを飲み干した。サンテ何とかを。

「ミスタ・ネロ。あんたの年齢を誰も知らない。だが不動産売買の記録で分かったことがある。「アンブローズ・ネロ」という男がホワイトヘヴンで不動産を買った最初の記録は一〇二年前だ。ローワー・イーストサイドの一軒家を即金で買っている」

「よく調べたな」

「『アンブローズ・ネロ』がその家を売り、現在ペルデュラボー・アパートメントの建っているアッパー・イーストサイド一帯の土地を買ったのが九十九年前。文字通り二束三文《にそくさんもん》でだ。まだ中央公園もなかった頃だからな。あのあたりは何もない荒れ地だった」

「それがどうした?」

そういえばネロはペルデュラボー・アパートメントの十%の経営権を持っていると言っていた。もともとあそこがネロの土地だったからなのか……。

「俺が言いたいのはな、ミスタ・ネロ。あんたと土地を買ったアンブローズ・ネロとは同じ人間で、あんたは百歳を越えているということだ。そして撃たれても毒を飲んでも死なない」

「丈夫なんでな」

「あんたはヴァンパイアだという噂もある」

「面白い。聖水でもかけてみるか?」

「ああ、あんたはそうじゃないだろう、ミスタ・ネロ。ヴァンパイアという奴は、案外脆《もろ》い。弱点が多過ぎる。だから滅びた。だが、あんたには弱点がない。完璧だ」

「おだてても何も出ないぞ」

「うちの先生は、あんたが失われた不老不死の秘術を遣《つか》っていると言われてな」

「その先生とやらは私の術を解くとかほざいた馬鹿者だな」

ネロはにやりと嗤い、金ぴかの部屋の奥にある続きの間に向かって言った。

「出てきたらどうだ、ゾラ。そこにいるのは解っている」

がちゃりと音を立てて続きの間のドアが開き、ゆっくりとあの派手なマントの魔導師が姿を現した。

「よくこの私がここにいると見破ったな、アンブローズ・ネロ。褒《ほ》めてやろう」

「魔の法を遣うまでもない。ミントがぷんぷん匂ったからだ。相変わらずミントキャンディがお好みらしいな、ゾラ」

ゾラと呼ばれた派手なマントの魔導師はふふん、と鼻で嘲笑《あざわら》った。

「さすがに自分の弟子のことは覚えていたようだな、ネロ」

「貴様を弟子にした覚えはないぞ」

「そうだろう。自分を越える者を弟子にはできないからな。あんたは私の実力を恐れて一日で破門にしたのだ」

「五秒だ。ドアを開けて閉めるまでのな。それとも貴様のつま先をドアに挟んでやればよかったか？」

なんだ。この二人、知りあいだったのか……。

高位の魔導師というのはそんなに数がいないし、互いに知っていても不思議じゃないが、トニーはネロは魔導師連中の誰とも付き合いがないと言っていたのだ。

「ゾラ。貴様がスカンデュラに吹き込んだわけか。私が不老不死の秘術を遣っていると」

「あんたはどこかに隠されていた秘術を発見し、我が物としたのだ。超一級魔導師であるこの私がまだ到達していないにも拘わらず、あんたがそれを遣っているとしたらな」

「超一級だと？　笑わせる。一級の上はない」

「私の実力が一級以上だからだ。もぐり魔導師のあんたが何と言おうと」

「級位なんぞに拘《こだわ》っている時点で小物だと気づいたらどうだ？」

二人の魔導師は互いに距離をとり、二匹の蠍《さそり》そっくりに睨み合っている。

超一級と0級ってどっちが上なんだ……？

「ゾラ先生。ミスタ・ネロと旧交《きゅうこう》を暖めるのはそれくらいにして頂けますかな」

「ミスタ・スカンデュラがそう言われるなら、やむを得まい」

ゾラはしぶしぶという口調で言ったが、なんだか少しホッとしているようにも思えた。超一級と0級のどっちが強いのかは別にして、ネロに口げんかで勝てる奴はいない気がする。

「ミスタ・ネロ。さっき言った通り、ゾラ先生はあんたが不死身だと言われたんだ。俺は信じられなかった。だからそこの若いのを使って試させて貰ったのだ」

「手下をムショ送りにした報復じゃなかったのか？」

「最初はそのつもりだった。だがその件はもういい。水に流そう」

殺そうとしておいて水に流そう、か。さすが《顔役》ニックだな。最初のそれだってたぶん犯罪がらみでネロにやられたんだと思うけど。

「あんたは本当に不死身だ、ミスタ・ネロ。素晴らしい」

「おだてても何も出ないと言っただろう」

「おだてているわけではない。その秘術を売って欲しいのだ。金はいくらでも払う」

「生憎《あいにく》だが、金なら間に合ってる」

それはそうだろう。中央公園もまだ無かった大昔に今は一等地になっている土地を買い占めたんだとしたら。

「だったら、あんたの欲しいものを何でも言ってくれ。あんたの代わりに手に入れてやってもいい」

「私の欲しいものだと……？」

不吉な笑みがネロの完璧な造作の顔を彩《いろど》る。

「私は珍しいものをコレクションしている。誰も持っていないもの、世界に一つしかないようなものをだ」

「例えばどんなものだ」

「そうだな……私のコレクションには人魚の涙がある。それに、ドラゴンの鱗《うろこ》。炎の結晶。古代マリ王国の女王が占いに使った竜骨《りゅうこつ》のヴィジャボード。メデュウサの髪の蛇《へび》が脱皮したときの抜《ぬ》け殻《がら》。ワイヴァーンの額《ひたい》に埋《う》まっていた闇を見通す宝石も持っているぞ」

「随分といんちき臭いじゃないか」

ゾラが鼻先で嗤った。

「すべて本物だ。私自身が鑑定したのだからな。私が本物だと言えば本物なのだ」

自信満々だな……。

それにしても、そんな気味悪いものを集めていたのか。ネロらしいと言えばらしいけど。そういえば事務所階には入るなと言われている部屋があるんだった。コレクションというのは、そこに置いてるのがそうか。

「まだ手に入れていないもので一つ欲しいものがある。それと引き換えなら、考えてやってもいい」

「なんだ……？」

「それは手に入れるのが難しいのか」

「コカトリスの卵だ」

「ああ。私はもう六十年ほど探している」

スカンデュラは苦虫を噛んだような顔をした。

「他のもので、なにか欲しいものはないのか？」

「ロック鳥の羽でもいい。あれは誰も持っていない」

「それと引き換えに不老不死の秘密を売ってくれるんだな」

「そうだ、スカンデュラ。貴様がちんぴらを使って私を銃撃させ、失敗すると今度は監視させようとしたことは不問に付《ふ》してやる。貴様がコカトリスの卵かロック鳥の羽を持ってきたら私は引き換えに不老不死の秘密を教える」

「いいだろう。手打ちにしよう、ミスタ・ネロ」

グラスに新しくレモン色の酒を満たす。

「乾杯だ」

ネロとスカンデュラは同時にレモン色の酒を干した。

スカンデュラの方はグラスが間違っていたら死ぬかもしれないのに、さすがいい度胸だ。

ネロがこっちを指した。

「ところで、そのちんぴらには私のスーツに穴を開けた償《つぐな》いに一生奴隷として働いて貰うからな」

「ああ。好きにするといい」

スカンデュラはどうでもいいという風だった。

本当にどうでもいいのだろう。スカンデュラにとって、ファミリーの一員でもないシモンは三下《さんした》以下だ。

不意に見えない手がシモンの襟首をつかんで宙に持ち上げ、テーブルの上から床に落とした。

「……何すんだよ！」

「聞いていただろう。おまえは一生私の奴隷だ。来い」

今度は目に見えない手がシャツの胸ぐらをつかみ、そのままずるずる引きずる。

「ちょっ……放せよ！」

「それでは、失礼する。約束のものが届くのを楽しみにしているぞ、スカンデュラ」

見えない手に引きずられて壁に貼り付けられたままの手下どもの前を歩くのは冷や汗ものだった。

玄関まで戻ったネロはぱちんと指を鳴らして壁に貼り付いている手下どもを解放した。石段を降りたところで今度は屋根の上に乗せられた二人を降ろしてやる。

「乗れ、シモン」

助手席に座ると、目に見えない手が消えて身体が自由になった。《ファントム》が滑《なめ》らかに走り出す。

まだ身体が震えている。だが一方でひどくホッとしていた。

信じられない。スカンデュラ邸にかちこみをかけて、生きて帰ってこられたなんて……。

おまけにネロはシモンを取引のオマケみたいにしてスカンデュラから掻《か》っ攫《さら》ったのだ。スカンデュラ一家と縁が切れた。これでもうオリファントやスカンデュラの命令をきかなくてもいいんだ……。

安堵がじわじわ広がってくる。それと同時に、突然の空腹感が襲ってきた。ぐう、と腹が鳴る。

「安心したら……腹が減った……」

「馬鹿め」

マジック・ルミナリーの街灯に照らされるネロの横顔は、うっすら笑っているように見えた。

5

ニック・スカンデュラはカーテンをほんの少し手で開け、夜道を走り去るネロの《ファントム》を見つめた。

通常、ニックのような地位にある者は窓に近寄らないよう細心の注意を払う。ホワイトヘヴンの天気は気紛れで、いつ銃弾の雨が降るか分かったものではないからだ。だが、魔の法により堅牢《けんろう》さを増したこの窓が機関銃もライフル銃の銃弾も跳ね返すのは既に実証済みだ。

魔導師ゾラは何かにつけ大仰《おおぎょう》で勿体《もったい》をつけたがるが、腕の方は確かだった。超一級と豪語するだけのことはある。

ゾラは以前に雇っていた一級魔導師の仕事をいとも簡単に破ってみせた。だから前任者を馘《くび》にしてゾラを雇った。高位の魔導師という奴はプライドが高く、常に争っている。争いに勝った腕のいい魔導師はいい条件で雇われ、腕のいい魔導師を雇ったファミリーは繁栄するのだ。

「先生。コカトリスの卵というやつは見つけられるとお思いですかな」

「まず、無理だろうな。コカトリスというのは雄鳥《おんどり》が産んだ卵から生まれると言われている。だがしかし、実際に見た者は誰一人としていない。見た者はすべて死ぬからだ」

「それでは、ロック鳥の頭の羽は……」

「なおのこと難しいだろう。ロック鳥は象三頭をつかんで飛ぶことが出来るほど巨大な鳥だ。その生態も生息地も全く分かっておらず、何世紀も目撃報告がないのだ。よしんばロック鳥を発見出来たとしても、その羽を毟《むし》るのは極めて難しいと言わざるを得ない」

ニック・スカンデュラは歯の間から細く息を吐きだした。

つまりネロは遠回しに拒絶したのだな……。

だが、これで奴が秘術を握っていることはほぼ確実になった。あとは手に入れるだけだ。

一代で築いたこの帝国を誰にも渡したくないのだ。

正妻との間には息子を一人もうけたが、これが全く腑抜《ふぬ》けだった。ガキの頃から暴力を毛嫌いし、父親とその生業《なりわい》を軽蔑している。ニックと不仲の妻にばかり味方し、成人してからはかたぎの職に就《つ》きたがっている。

かと言って右腕であるジム・オリファントにも問題があった。ジムは腕っ節《ぶし》は強く度胸もあるが、頭が悪い。ジムは命令には忠実に従う。だが自分で命令を考え、手下を采配《さいはい》するという頭がない。

組織の舵取《かじと》りをしていくには頭の切れが必要なのだ。肝《きも》っ玉《たま》、腕っ節、頭の切れ、それに、運。その四つが揃っていることが絶対条件だった。

ホワイトヘヴン暗黒街の顔役と言われて久しい自分は既に老境に差し掛かっている。髪は白くなり、視力も衰《おとろ》えた。いつまで一線でファミリーを率《ひき》いていけるか分からない。だが、手下も息子も組織を継《つ》ぐだけの才覚がない。このままでは、ホワイトヘヴンの暗黒街に名を馳《は》せたスカンデュラ・ファミリーは自分の代で終わってしまうだろう。

自分が死んだら、ファミリーは瓦解《がかい》する。そのことを考えると夜もろくろく眠れなかった。

そんなときだった。魔導師ゾラがアンブローズ・ネロの話を持ち出したのは。

かつての師、アンブローズ・ネロが不老不死の秘術を我が物にしているというのだ。

初めは、話半分に聞いていた。ゾラの話はいつも大袈裟《おおげさ》だ。

だが、ネロは本物だった。

ネロを殺《や》りに送り込んだ手下はすべて失敗した。機関銃も魔弾も効かなかった。そしてストリキニーネもだ。ネロが飲んだリモンチェッロのグラスに塗られていたストリキニーネは致死量《ちしりょう》の十倍はあったはずだ。

そのとき雑用係の若いのがグラスを下げにきた。少し前に取り立ててやったどこかのガキだ。

「待て。下げるなら一杯飲んでったらどうだ」

ショットグラスにリモンチェッロを注《つ》いでやると、若いのは感激して押し戴《いただ》くように飲んだ。それから突然胸を掻《か》き毟《むし》って床に倒れ、激しく痙攣《けいれん》しながら手足を縮めてだんご虫のように小さく丸まった。

「ジム。片づけさせろ」

「へい。ボス」

ジム・オリファントがまだぴくぴくしている身体を廊下に引きずって行く。

毒が駄目になっていたというわけでもないのだな……。

アンブローズ・ネロという男はまさに不死身だ。

不老不死であってもヴァンパイアでは駄目だった。ヴァンパイアは生ける死人だ。そして太陽や聖水や聖別《せいべつ》された道具で簡単に滅びる。滅びたヴァンパイアはどこへ行くのだ？　天国ではあるまい。

ニック・スカンデュラは信心深かった。死んだら天国に逝《い》くつもりだ。死んで天国に逝けないようなものになる気はない。

そのうえ、ヴァンパイアは流れる水も渡れず、食事もできない。女も抱けないのではないか。屍用人《しようにん》と大差ない。

ネロは昼間も出歩いているからヴァンパイアではないとは思っていた。今日、間近で会ってはっきり分かった。奴は死人などではない。生きた人間だ。奴は獣じみた生気を放っていた。奴は肉を喰い、酒を飲む。少なくとも百年、このホワイトヘヴンで富を築いてきた。素晴らしいではないか。

ゾラの言う不老不死の秘術が俄然《がぜん》現実味を帯びたのだ。その秘術さえ手に入ればこれから先もずっとホワイトヘヴンの顔役として君臨できる。永遠にだ。

「先生。俺は何としてでもネロの秘術を手に入れたい。卵だの羽だの馬鹿げた話は抜きでだ」

「もちろん、私にいい考えがあるとも」

魔導師ゾラは自信満々に胸を張って言った。

「本当だな。高い金を払っているのだからなんとかしてくれなければ困る」

「安心したまえ。私は誰よりも奴のことを知っているのだからな。ネロが欲しがっているのは「世界に一つしかないもの」だ。コカトリスの卵とロック鳥の羽だけが世界に一つしかないものではない」

◆◆◆

「……おはよう、ネロ」

「うむ」

シモンは神経が昂《たか》ぶったままでなかなか眠れなかったが、一夜明けると少し落ち着いた。

ネロは昨夜《ゆうべ》の一件などなかったように落ち着き払って新聞を読んでいる。

そうすると気になってくる。なんでネロはわざわざスカンデュラのところに直談判に行ったのか。

ネロにとってはスカンデュラに見張られていたって痛くも痒《かゆ》くもないだろう。殺せないんだから。

なのに、なんでだ……？

ちらりとネロに目をやった。今朝はなんとなく機嫌が良さそうだ。

「ネロ」

「なんだ」

「あんた、なんで……」

言いかけて、口を閉ざした。やっぱり無理だ。訊けない。

その代わり、別の訊きにくい質問をすることにした。

「……あんた、本当に百歳以上？」

「まあな」

「ここの地主《じぬし》だったから経営権を持ってるのか」

「ああ。それだけじゃないがな。おまえも土地を買うときには未開発でこれから発展する場所を選ぶといい」

ホワイトヘヴンに未開発の土地なんて残っているものか。細長い島の上にはびっしりと大小様々なビルが建ち並んでいる。サーフボードの上におもちゃのブロックを乗せたみたいに。

だいたい土地を買うなんて考えたこともないし、それが数百倍に値上がりするまで長生きするというのも普通にはあり得ない話だ。

「あのゾラって魔導師、あんたの弟子だったのか？」

「私があの馬鹿者を弟子にすると思うか？　だいたい私は弟子などとらない」

「じゃ、なんで……」

「奴は誇大妄想《こだいもうそう》だ。言った通り奴がここに足を踏み入れたのは時間にして五秒だが、ゾラの中では既に師事《しじ》したことになっているらしいな」

「うへえ」

ゾラは誇大妄想だけど、わざわざ師事しに来たからにはネロの実力を認めているってことだよな。

「訊きたいことはそれだけか？」

「あ……うん」

本当は一番訊きたいことと二番目に訊きたいことが残っている。だけど、どうせ訊く勇気はでないのだ。

ネロがばさりと新聞をたたみ、こちらに視線を向けた。

「シモン。『トーマス＆サンズ』から仮縫《かりぬ》いが出来ているという連絡が来ている。合わせに行ってこい」

「うん」

「そういうときは〝はい〟と言うんだぞ、シモン」

「う……はい！　行ってくるよ！」


公園西大通りに出て、地下鉄の駅に向かおうとしてふと足を止めた。

そういえば、ネロのことをよく知っていそうな奴が一人いるんだっけ。それも、すぐ近くに。

ちょっと寄ってみるか。

ホワイトヘヴン市警察第二十分署はペルデュラボー・アパートメントから北に少し行ったところだった。レンガ造りの瀟洒《しょうしゃ》なタウンハウスが建ち並ぶ通りに紛れこんだ武骨《ぶこつ》な灰色コンクリートの建物が厭《いや》でも目立つ。

見た途端に逃げだしたくなった。

サツってだけで苦手なのに、なんで来たんだろう……。

意を決してロビーに入ったが、踏ん切りがつかず受付の前を行ったり来たりした。

とにかく、ここまで来たんだから、コリンズ刑事がいるかどうかだけ訊いてみよう。居なければばたぶん聞かない方がいいということで、それまでだ。

「あの……コリンズ刑事に会いたいんですが……」

「伝言なら伝えておくけど？」

「いえ……やっぱいいです……！」

くるりと背を向けて逃げ出そうとしたその瞬間、後ろから声を掛けられた。

「おや。そこにいるのはシモン・セラフィン君じゃないかい」

洒落者《しゃれもの》の私服刑事コリンズが階段の手すりから身を乗り出すようにこちらを見下ろしていた。

コリンズの顔を見た途端、なけなしの勇気は消し飛んだ。

やっぱり止《や》めよう。コリンズに話を聞くのは……。

「今日は何の用で来たのかい？」

「あ……コリンズさん……特に用じゃ……」

「おや。私に会いにきたんじゃなかったかい？」

くそ。受付の前をうろうろしていた時から見ていたに違いない。こういうのを「人が悪い」って言うんだろう。

「その……ちょっとここじゃ話せないんで……」

コリンズは眼を糸のように細めてにんまり笑った。

「ああ、そうだよね。私がいいところを知ってるよ」


九番街のコーヒーショップでカップを二つ受け取るとき、コリンズはコーヒー代を払わなかった。そういう取り決めになっているんだろう。警官のささやかな悪徳というやつだ。だが警官が立ち寄るコーヒーショップは強盗に遭《あ》う可能性が減るから、みな文句を言わない。ギャングにみかじめ料を払うより、ずっと安あがりだ。

「で、シモン君。用って何だい？」

コリンズはコーヒーをテーブルに置いてにんまりと微笑んだ。

シモンは、のっぺりしたハンサムに微笑みかけられるとなんだか妙な威圧感があるのを知った。

「訊きたいことがあって……ネロのことです」

「ネロに何かされたのかい？」

「いえ！　そうじゃなくて……」

されたといえば、された。奴隷首輪をつけられた。これは犯罪だ。だが、それを言ったって意味はないだろう。コリンズとネロはグルなのだ。

「コリンズさんは、ネロを前からよく知ってるんですよね……？　ネロのこと、教えて貰えませんか」

「おや。私は君の方がよく知ってるのかと思ったよ。君は、ネロと一緒にペルデュラボーのペントハウスに住んでるんだよね？」

「一緒って言っても、部屋は別ですよ。四十五階だけでも何部屋もあるんで。俺は、ただの奴《ど》……下僕《げぼく》ですから」

コリンズは面白そうな顔でコーヒーをかき回した。

「へえ。ただの、ねえ。彼が人間を雇ってるってだけで驚きなんだけどね。君には何か特技でもあるのかい？」

「何もないです。あの、俺の方が訊いてるんですけど……あの人、いったい何なんですか……？」

「何、とはまた単刀直入だな。そう言われると、私も知らないなあ。彼が何だかは」

「そうなんですか……残念です。それじゃ」

席を立ちかけたシモンの腕をコリンズががっちりつかんだ。

「まあ、そう慌てるなよ。私は彼が何だか知らないが、もう五、六年のつきあいだ。ギブ＆テイクの関係でね」

「グル、ってことですか」

「そうとも言える。賄賂《わいろ》とかの話じゃあないよ。ネロは重犯罪者を捕まえて私に引き渡す。その際、私はネロのすることに口を挟まない。時にはこちらが情報提供する。そういう関係だ」

「ネロのすること、って……？」

思わず斜めになって座り直した。

コリンズは知っている。シモンが二番目に知りたいこと——ネロがあの薄黒い触手で何をするかを。

「そうだねえ……」

コリンズは指を組み、あさっての方を見ながら言った。

「……ネロは、人間から何かを摂《と》るらしいね。私はそれが何かは知らないし、知りたくもない」

「コリンズさんも知らないんですか……」

「言っただろう？　知りたくないって。分かっているのは摂られた奴はへなへなの腑抜《ふぬ》けみたいになるってことだけだ」

「そうなんですか……」

ちょっとがっかりした。ネロがマーシー・ウッド殺しの犯人を捕まえたとき、コリンズは慣れた風な口を利いていたから少しは知っているのかと思ったのに。

「ただ一つだけはっきり言えることがある。ネロは極悪人以外からは決して摂らない、とね」

「極悪人……」

五年前の連続殺人犯。スカンデュラ一家のギャング。

そして、スーザンを誘拐したマーシー・ウッド殺しの犯人。考えてみるとみな極悪人だ。

じゃあ、ネロがシモンからはその何かを奪わない、と言ったのは極悪人じゃないからなのか……？

二度もあいつを殺そうとしたのに？

「さて。こんどは、君が話す番だ。ネロと君はどういう関係なんだい？」

「言ったでしょう。俺は下僕です」

「本当にそれだけなのか？　ネロが宗旨《しゅうし》替《が》えをしたわけじゃないだろうね？」

「違いますよ！　俺、そっちの方じゃないんで」

「知ってるよ。君の本職は有閑《ゆうかん》マダム向けのエスコート・サービス、だろう？」

口があんぐり開いた。

「なんで……？」

「蛇《じゃ》の道は蛇《へび》、って知ってるかい？　この街ではたいがいの情報は、知ろうと思えば簡単に手に入るんだよ」

このあいだ誤認逮捕されたときに調べたのか。洒落者のコリンズは、一見のらくらしているように見えるけど案外に遣《や》り手《て》なのかもしれない。

「君がジム・オリファントの配下だったってことも分かっているよ」

「もう違いますよ。俺、あそこは辞めたんです」

「シモン君。ファミリーからは足抜けできないよ」

「エスコート・サービスは健全な商売なんです。合法部門ですよ。だから俺はほんとの舎弟じゃなかったんで」

「まあ、そういうことにしておこうか。で、ネロはなんで君を雇ったんだい？」

うわ！　変化球と見せかけて直球で来たな……！

「ええっとですね……たまたま届けものに行ったら何となく気に入られたんですよ。ちょうど人手が欲しかったとかで……」

「ほう……」

コリンズの声が奇妙に低くなる。

「たまたまで、何となく……だと？」

突然、薄皮が剝《は》がれるようにコリンズの顔貌《がんぼう》からへらへらした遊び人風なところが消えうせた。

「君は嘘が下手《へた》だな、シモン君……」

顔立ちが変わったわけではないのに、まるで別人だった。

一秒前まで隣に座っていた洒落た遊び人風のコリンズはどこにもいなかった。その代わりにそこにいるのは食らいついたら放さない獰猛《どうもう》なサツの犬だ。

「わ……分かりましたよ！　正直に言います！　本当を言うと、俺にもまるで分かんないんです。あの人がなんで俺を雇ったのか。こないだ保釈金を払ったのだって分からない。だからコリンズさんに聞きたかったんで……」

「ふーむ……」

今までとは打って変わった鋭い視線が突き刺さる。

シモンは俯《うつむ》いてまだ暖かいコーヒーカップを両手の指で包み込んだ。これに含まれる嘘は一つだけ――単に雇われているんじゃなくて奴隷だということだけだ。

「嘘が下手な君が吐くには上等すぎるな、シモン君。だから信じてやってもいい」

「信じてやってもいい、なんて言い方、まるでネロみたいだ」

「おや。感染《うつ》ったかな」

コリンズはゆっくり瞬《まばた》きをした。

瞼を閉じて開いたその一瞬で、もうサツの凄《すご》みが消えて元の遊び人風のコリンズに戻っている。

「君は魔の法不能者だっていうのは本当かい？」

「サツって、訊きにくいことを平気で訊くんですね」

「それは、サツだからね」

「本当ですよ。俺、十一級が取れなかったんです」

「なるほどねえ。だからかもしれないな。ネロが君に関心を持ったのは」

「えっ、まさか！」

考えてみたこともなかった。０級のネロから見たら珍しいってことなのか。

「私はセレマ四級だよ。頑張れば三級も取れたかもしれないが、魔導師には向いてないと思ってね。警察官には四級で充分だ。応募資格は七級以上だからね」

「四級って何が出来るんですか？」

「いくつかあるが、実用レベルなのは《魅惑》だね。私の場合はモテのためより警官臭さを消すのに遣っている」

さっきの急に雰囲気が変わったのは、やっぱり魔の法だったのか。四級は魔導師にはなれないけど上位三％くらいしかいないから、たいていの人間にはコリンズの遊び人風擬態《ぎたい》は見破れないのだ。

「ところで、ネロと《顔役》はまた何か揉《も》めたのかい？」

「いえ、逆です。手打ちしたんで」

「へえ！　それは興味深い話を聞いた。ネロが《顔役》と手打ちとはねえ」

まずったかな。これは言っちゃいけなかったかもしれない。

「あの、俺から聞いたってネロには言わないで下さいよ……」

「もちろん私と君だけの秘密だよ」

コリンズは愛想良くにっこり笑った。

その秘密は、どれくらい保たれるんだろう……。ネロに直接言わなくても回り回って耳に入ったらどこから漏れたのかって話になる。この件は本当の当事者しか知らないのだ。

「これってそんなに珍しいことなんですか」

「かなりね。彼は極悪人相手には妥協しない。《顔役》は、極《きわ》め付《つ》けの極悪人だからねえ」

「《顔役》はそれほどの極悪人なんですか」

「一言で言えば冷血だね。どうして《顔役》が起訴《きそ》されないと思う？　誰も証言しないからさ。証言したらどうなるか分かっているからね」

そう言われても、あまりピンと来ない。

《顔役》のような組織トップは雲の上で命じるだけで汚れ仕事は手下がやるという漠然としたイメージがあるだけだった。五年前にネロが捜査に関わったという連続殺人犯の方がずっと極悪な気がする。あの男は七人もの女性を拷問して惨殺《ざんさつ》し、発見が遅れていたらあと二人の命もなくなっていた。

「ま、私はネロが誰と手打ちしようが気にしない。揉め事はないに越したことはないからね。特に二十分署の管区内では」

コリンズは言ったけど、本当はそう思っていない気がした。

まだ割と若いのに一級刑事なのは、ネロのお陰もあるんじゃないか。もちろんセレマ四級も昇進に有利だろうけど。

「俺はもう行きます。コーヒー、ごちそうさまでした」

「楽しかったよ、シモン君。これからもたまにお喋《しゃべ》りしにきてくれると嬉しいんだけどね」

これからもネロの情報が欲しいという意味だろう。コリンズはネロとグルだけど、詳しいことは知らないのだ。

「サボってるとネロに殺されるんで」

コリンズは声を立てて笑った。


高架鉄道の駅の売店でミントキャンディが売られているのを見たらなんだか急に食べたくなって一つ買った。小さいとき好きだったのを。昨日会った魔導師ゾラのお陰で思い出したのだ。

甘いミントキャンディを口に含み、黒々とした鋳鉄《ちゅうてつ》のモンスター――高架鉄道駅から九番街線に乗る。

結局のところネロが何なのかは分からなかったけど、コリンズと会ってみた収穫はあった。

ネロがあの気味悪い触手で何かを奪うのは極悪人からだけだということだ。

悪い奴にしか手を出さない、ってことか。

いわゆる正義の味方……？

ネロは性格が悪いし、乱暴だし、口が悪いし、正義の味方ってがらじゃないけどそんな感じだ。

自分のことじゃないのに、なんだかちょっと嬉しい気がする。

たぶん、自分はネロがそんなに嫌いじゃないのだ。もしかしたら、少しは好きになりかけているのかもしれない。

だけど一番知りたかったことは分からずじまいだ。

ネロがなんで自分を雇った——奴隷にしたかということだ。

それともう一つ。昨夜、なぜ《顔役》ニック・スカンデュラのところへ直談判しに行ったのかだ。

もしかしたら、シモンにスカンデュラ一家と縁を切らせるためだったんじゃないか……？

あのときはいっぱいいっぱいでそこまで頭が回らなかったが、時間が経《た》つにつれてそんな気がしてくる。

悪人とは妥協しない筈のネロが《顔役》と手打ちしたのだ。

ホワイトヘヴンの夜の支配者ニック・スカンデュラにとってシモンは虫けら以下の存在だ。わざわざ捻《ひね》り潰《つぶ》す手間をかけるほどの価値もない。だけどメンツを潰されたら黙認できないのがホワイトヘヴン・ギャングだ。寝返りは絶対に許されない。

だからネロはスカンデュラからシモンを奴隷として譲り受けることで舎弟《しゃてい》関係をご破算にさせたんじゃないか。

コリンズの言葉が頭をよぎった。

（シモン君。ファミリーからは足抜けできないよ）

ネロがスカンデュラと手打ちしなかったらどうなっていただろう。ずるずる手を切れないままになったに違いない。命令には逆らえないし、またヤバい仕事を押しつけられる可能性だってあった。

がたんごとんとリズミカルに車体が揺れる。

九番街線はミッドタウンの摩天楼《まてんろう》の間を斜めに縫うように走って行く。まるで遊園地の乗り物だ。高架鉄道の車窓《しゃそう》から覗くホワイトヘヴンの街はいくら見ても飽きない。鉄と硝子とコンクリートで作られた何十何百というビルディングが突き刺さる針のように天に向かって伸び上がっている。高架鉄道の窓からは世界で一番目と二番目に高いビルディングが見えた。

やっぱりこの街が好きだ。

冷たいとかよそよそしいとか言われる大都会だけれど、シモンにとっては生まれ故郷だ。

この街を支配するってどんな気分なんだろう。ホワイトヘヴンを支配するなんて出来るんだろうか。あまりにも巨大だし、あまりにもいろいろな人間が住んでいる。

朝晩の通勤時間には満員になる九番街線も昼間は空《す》いていて、東四十九丁目駅で下車したのはシモンひとりだけだった。黒い鉄の骸骨《がいこつ》みたいな階段を降り、大通りを急いで歩いて気がついたら万国旗《ばんこくき》はためくデパートメントの前を通り過ぎていた。

あ。しまった。戻らなければ。

立ち止まって回れ右しようとする。

足が動かなかった。いや、違う。止められないのだ。そのまま歩き続け、目的地はどんどん後ろに遠ざかって行く。

どうなってるんだ……？

（止まれ、俺！　回れ右！）

頭でいくら立ち止まろうと考えても、足はいうことを聞かない。意に反してどんどんまっすぐ歩いて行く。

魔の法……？　魔の法をかけられたんだ！

これはそこらの三級や二級の魔導師にできる術じゃない。高位レベルの魔の法だ。

ネロなのか……？　だけど、なんでだ……？

そのまま大通りを歩き、地下鉄を乗り継いで着いたところはホワイトヘヴンの南端近く、イースト川沿いの人気《ひとけ》のない場所だった。潮の匂いがする。河口《かこう》が近いからだ。ここまで来るとイースト川の水はアッパー湾の海水と混ざりあっている。櫛《くし》の歯のように何十もの桟橋《さんばし》が突き出たロートワー・イーストサイドの埠頭《ふとう》が見えてきた。

足が向かっている先が分かった。

埠頭に建つ古い倉庫だ。黒ずんだレンガの壁にトンネルの形をした大きな扉がいくつも並んでいる。

違う。ネロじゃない。

ネロがこんなところに自分を呼びだす筈がない。この埠頭は禁酒法時代に繁栄し、禁酒法が廃止された今は寂《さび》れた場所だ。ホワイトヘヴン・ギャングの古巣だ。

シモンの足は一歩ごとにシモンを倉庫へと運んで行く。

いやだ……！　行かないぞ……！

歯を食《く》い縛《しば》り、前に出ようとする足に抵抗する。

ぎぎぎ、と身体が軋《きし》む。意思に反してまた一歩前に出る。

(来い……来るのだ……シモン・セラフィン……)

抵抗はあっけなく消し飛んだ。

滑《なめ》らかに足が身体を運んで行く。

古いレンガ倉庫のトンネルの形をした鉄扉《てっぴ》のひとつが左右に開いてシモンを中に迎え入れた。

◆◆◆

倉庫はだだっ広く、中は空っぽだった。

壁の一番上の方にある窓から斜めに差し込む光がタールの染みたコンクリートの床を切り取るようにくっきり照らしていた。高い切妻《きりつま》屋根の近くに作業用の滑車《かっしゃ》が並んでいて、そこからフックのついた鎖《くさり》が何本もぶら下がっている。

シモンの足は倉庫の真ん中あたりで止まった。

ミントの匂い。

「よく来たな、シモン・セラフィン」

光の中で派手なマントの魔導師ゾラが振り向いた。その指先から何かが光を反射してはらりと落ちる。

「本人の身体の一部というのは最も強い呪具《じゅぐ》になりうるのだ」

髪の毛か！　スカンデュラ邸で落としていたんだ……！

「いったいどういうことだよ！　俺はネロの奴隷だ。手打ちで決めたじゃないか！」

「あんなものは茶番だ。条件が実現不可能なのだからな」

ゾラの手が動いた。どこからともなく現れた荒縄が無限大を描くようにシモンの両手首を縛る。

「私はネロを罠《わな》にかける。餌《えさ》は、おまえだ」

ゾラは握りしめた右手の拳《こぶし》を天井に向かって高く突き上げた。

「『我、己の真の意志の命ずるところにおいて自《みずか》ら求むることを行わん……それが法のすべてなれば！』」

唱《とな》え終えるのと同時に床に金色の同心円《どうしんえん》が現れた。

「ネロが来るもんか。俺は奴隷だ。あそこの屍用人とおんなじ扱いだ」

「ほう。そう思うかね？」

「そうさ！」

だけど、もしミセス・モローに何かあったらネロは絶対黙っていないだろう。

「いや。俺なんか屍用人以下だ」

ゾラは機嫌よく鼻歌を歌いながら指揮棒を振るみたいに大きく両手を動かした。床の金色の円にひとりでに文字や記号が書き足されていく。魔法円を作っているらしい。

そして、魔方円の金色の線は描かれる端から消えていった。

目に見えない罠を作っているんだ……！

表で車の音がした。何台もの車が走ってきて倉庫の前に停まったのが分かる。トンネルの形の扉からボーラー帽を被《かぶ》った痩《や》せた男が入ってくる。《顔役》ニック・スカンデュラだ。ステッキを持ち、ゆっくりとこちらに向かって歩いてくる。

「ゾラ先生。本当にこれでネロが折れるのか」

「私を信じたまえ。ネロは間違いなく折れる」

「そうでなければ困る。コカトリスの卵だのロック鳥の羽だのが見つかるのを待っていたら俺の寿命の方が先に尽きてしまうからな」

「ミスタ・スカンデュラ。もともと奴に契約を履行《りこう》する気などないのだ。だから、こいつを人質にして譲歩を引き出すのだ」

スカンデュラは氷の欠片《かけら》のような目でシモンを一瞥《いちべつ》した。

「俺にはさっぱり分からんな。この若いのにそんな価値があるとは。奇麗な顔の若造なんぞどこにでもいる。いくらでも換えがきく」

「いや、ネロにとってはそうではないのだ。ネロは百年以上生きているが、その同じだけの時間を他人を寄せ付けなかった。魔導師界でもネロを直接知っている奴はほとんどいないのだ。ゆえに歩く伝説などと呼ばれている。この私でさえ、門前払いを食わされた」

やっぱり門前払いだったのか。ネロの弟子だったというのはゾラの頭の中でだけなんだな。

「だが、ネロはこのシモン・セラフィンをペルデュラボー・アパートメントに住まわせている。あり得ないことだ。百年間誰とも交わらなかった男が、こいつを家に入れたのだ。特別という言葉以外、どう表せよう。ネロが欲しいのは「この世に一つしかないもの」だ。このシモン・セラフィンはまさにこの世にひとりしかいない」

「よほど気に入った、ということですかな。しかし、いったい何がそんなに気に入ったのか」

「何かがあるのだ……私も感じる。この男には何か特別なところがある」

《顔役》の後から歩いてきたオリファントがシモンをじろじろ眺めた。

「このツラ以外に何があるって言うんだ。女だったら売りの方の稼《かせ》ぎ頭《がしら》になったろうが」

「まあ、凡人には分からないだろう。私やネロは数億人に一人のレベルの魔導師だからな」

オリファントの手下どもが車から降ろしたものを台車に乗せ、荷揚げ作業用のレールでがらがら運び込んでくる。

シモンの目はそれに釘付《くぎづ》けになった。

コンクリート・ミキサーだ。ビル建設の現場で見るような大きなやつだ。それに大量の袋詰めコンクリート。

「こいつ一人のために、こんだけのコンクリを使うなんざ勿体《もったい》ねえ。バケツ二杯もあれば足りるってのに」

「ならん。すべて私の注文通りにやるのだ」

手下どもは慌てて作業にかかった。発電機がぶんぶん回り、ミキサーがコンクリートと水をぐるぐる撹拌《かくはん》する。最後に運び込まれてきたのは鉄枠《てつわく》に硝子を嵌《は》めた頑丈そうな水槽《すいそう》だった。でかいというより深く、人間が立ったまま入れそうだ。

ああ……まさか……！　そんな……！

足を固めて海に放り込むのだって相当に酷《ひど》いが、これはもっと酷い。酷過ぎる。いっそいますぐ死んだ方がましだ。

作業の進捗《しんちょく》を眺めていた《顔役》ニックが思いついたようにオリファントに向かって言った。

「分量は分かってるだろう。誰だったか、首まで固めてやったことがあったな」

「クレイトン一家のサムって奴で」

「そうだった。あれは愉快だったな。奴の首の前で酒盛りをしたんだ」

「コンクリが固まってくる間、ずっと泣き喚《なわめ》いてましたっけ。最初は助けてくれと言ってたのが、そのうち後生《ごしょう》だから殺してくれと言いだしやがって」

「だんだん顔が青黒くなってな。俺は水を飲ませてやった。すっかり固まったあと、まだしばらくは生きていたな」

水をやったのが哀れみからでないのはシモンにも分かった。気の毒なサムの苦しみを長引かせるためにやったのだ。

コリンズの言葉が頭の中をぐるぐる回っている。

（一言で言えば冷血だね）

冷血。そんな単純な言葉で言い表せるものじゃない。

ニック・スカンデュラはコンクリートの中で少しずつ死んでいく男を肴《さかな》に酒を飲み、その苦悶《くもん》を「愉快」と言ったのだ。

「よーし。それくらいでいいだろう」

倉庫の巻き上げ機がミキサーを持ち上げ、どろりとしたコンクリート液を水槽の八分目まで流し込んだ。

次に鎖の先のフックがシモンを縛った綱に引っかけられた。制御盤のスイッチが入れられる。足が床を離れ、どんどん高く吊り上げられていき、天井近くに達すると今度はレールを水平に移動してコンクリート液で満たされた水槽の真上まで来た。

自分の身体の下に灰色の液面が見えた。

滑車がきいきい鳴って身体が下がり始める。

「いっ……いやだ！　やめろ！　やめてくれ……！」

「とめろ」

降下が止まった。身体ががくがく震える。

手下の一人が長い延長ケーブルを引きずって台車に乗せた電話機を押してきた。ゾラが送受話器を取る。

「交換台か？　ペルデュラボー・アパートメント四十四階のアンブローズ・ネロ探偵事務所へ通話を頼む」

「電話なんかしたって無駄だ！　ネロは電話に出ないんだ！」

ネロは仕事依頼の電話があってもいつも無視する。

だが、どういうわけか今日に限って電話はすぐに通じた。

「ああ、ネロか？　私だ。あんたの元弟子、超一級魔導師のオーガスト・ゾラだ。ミスタ・スカンデュラはやはりあんたの奴隷を処刑することにしたそうだ。だが、もしあんたが気を変えて不老不死の秘術をすぐ教えてくれるなら、処刑はやめにしてやってもいいと仰《おっしゃ》っている」

送受話器の円《まる》い形の話し口がこちらに向けられる。

「彼と話すといい。シモン君」

シモンはいっぱいに空気を吸い込み、声を限りに叫んだ。

「ネロ！　来ちゃ駄目だ！　絶対教えるな！」

ニック・スカンデュラはこれまで数え切れないほどの人間を無慈悲に殺してきたのだ。

スカンデュラが永遠に生きるとしたら、これからどれだけの人間を踏みにじり、死に追いやるのか、想像もできない。

スカンデュラは自分がコンクリート詰めにして嬲《なぶ》り殺《ころ》した男の名前も覚えていなかった。奴にとって他人の命はその瞬間の欲望を満たすだけの存在なのだ。スカンデュラにとって他人の命はちり紙ほどの価値しかない。

それなのに、自分は永遠に生きるつもりなんだ。

「奴は本当の極悪人だ！　スカンデュラが永遠に生き続けたら、ホワイトヘヴンは地獄になるんだ！」

死ぬのは、死ぬほど恐ろしい。

だけど、今死ななくても同じことだ。どうせ殺される。

自分だけじゃない。

この街では人の生き死にがスカンデュラの気分ひとつで決められるようになる。虫けらを踏みつぶすみたいに、スカンデュラのちょっとした愉《たの》しみのために、簡単に殺される。

それが永遠に続くんだ。スカンデュラが不死身になったら、誰にも奴を止められない。

「永遠の命をやったら駄目な奴がいるとしたら、それはニック・スカンデュラだ……！」

「おろせ」

巻き上げ機が唸《うな》りをあげ、がらがらと鎖が繰り出された。ずぼりと身体がコンクリート液に沈む。

信じられないような絶叫が自分の口をついて出た。

「とめろ」

がくん、と鎖が停止する。止まった。止まったんだ……。

どろりとした液は腰のあたりまできていた。全身ががくがく震え、液面がたぷたぷ揺れる。

なんであんなことを言ったのか。自分でも信じられない。だが後悔はしていなかった。命乞いしたってどうせ同じだ。

ゾラは送受話器を《顔役》ニックに手渡した。

「ミスタ・ネロか。俺だ。スカンデュラだ。今の声は聞こえたかな。あんたの奴隷はなかなかいい声で囀《さえず》る。奴は生コンに浸かっていてな。少しずつ沈んでいるところだ。あんたが来ないと頭のてっぺんまで浸かってしまうだろうよ」

《顔役》は一片《いっぺん》の暖かみもない目で吊り下げられたシモンを見上げた。愉悦《ゆえつ》の笑みがうっすらとその顔を彩《いろど》る。

「生コンってやつは厄介《やっかい》なもんでな。最初はなかなか固まらなくていらいらするんだが、固まりだすと今度はどんどん硬くなって、あっと思う間もなくカチカチに固まってしまう。そうなったら、あんたの奴隷を掘り出すのは少しばかり骨だろうよ。ああ、場所は第四十二埠頭《ふとう》B十三倉庫だ。急いだ方がいい。もう腰まで浸かっているからな……」

チン、と送受話器が置かれる。

「ネロの奴、来ますかね」

「奴は来る。私が保証する。私は誰より奴のことをよく知っているのだ」

ゾラがネロを誰よりもよく知っているかどうかはとにかく、ネロが来るのは確かだ。頼まれもしないのにホッジスの娘を助けに行ったネロだ。来るなって言ったって来る。

そういう奴なんだ、あいつは。

スカンデュラは巻き上げ機の制御盤を操作している手下と話している。

「ネロが来る前にすっかり沈んじまわないようにな」

「こいつで調整できやす。いま一分一インチ設定で、レバーをこっちにすると遅くなりやす。こっちにすると早くなって、倒すと解放で全部一気に繰《く》り出《だ》すんで」

「よし。首まで沈んだらそこでとめておけ」

その会話の意味に気づいて血の気《け》がひいた。

巻き上げ機はゆっくりと逆回転しているのだ。

回転につれて鎖がかちりと繰り出され、一インチずつコンクリート液の中に降りていく。

かちり。かちり。ずぶ。沈む。かちり。かちり。ずぶ。

ネロ、来てくれ……いや、来ない方がいいんだ……。

そうだ、コリンズに連絡してこの前みたいにパトカー何台もでサイレンを鳴らして来ればいいんだ！　そうすればスカンデュラ一家は逃げだすだろうし、自分はきっと引っぱり上げて貰える。大丈夫、まだ固まってきてはいない……。

かちり。ずぶ。かちり。沈む。かちり。沈む。冷たい。重い。冷たい。重い。かちり。ずぶり。

液面が胸に達する。

「固まるまでどれくらいだ？」

「じきです。もう固まってこなきゃおかしいんで」

それまでなんとか抑《おさ》えていた恐怖が爆発した。

いやだ――――――！　いやだいやだいやだいやだ！

（ネロ！　来てくれ！　お願いだ！　いますぐ！）

信じられないことに、すぐに車の音がした。

猛獣の唸りに似た低いエンジン音は、間違いなく《ファントム》の音だ。トンネルの形をした扉が左右に開く。差し込む光の中に禍々《まがまが》しい黒いシルエットが立っていた。

ネロだ……！　ネロが来た……来てくれた……！

涙が出そうだ。禍々しいのに、天使みたいに見えた。

コンクリート液の中にぶら下がったまま必死で叫んだ。

「ネロ！」

「この間抜けが！　何度捕まれば気が済むんだ？」

「ネロ、来ちゃ駄目だ！　ゾラが罠を作ってた……！」

「私のより、自分の心配をしていろ！」

倉庫の中に赤い光が走った。ゾラが床に描いた目に見えない魔法円がその光に呼応《こおう》するように金色に浮かびあがる。

次の瞬間、魔法円は音もなく粉々に砕け散った。

なんという呆気《あっけ》なさ。ゾラの念入りな罠に対してネロの方は魔の法を喚起《かんき》する呪文を唱えることすらしない。

「よく来た、ミスタ・ネロ」

罠が消し飛んだにもかかわらず、スカンデュラは落ち着き払っている。ネロが駆けつけたこと自体がシモンの人質の価値を証明してしまったからだ。

「あんたの奴隷を救うのは簡単だ。あんたが大人しく不老不死の秘術を教えればいい……」

「黙れ！　これ以上私を怒らせるな！」

次の瞬間、ネロの身体からあの薄黒い煙のような触手が爆発的に噴き出した。

ゾラがぽかんと口を開く。

「なんだ？　あれは……？　あんなものは見たことがない……」

濁流《だくりゅう》のように奔《ほとばし》る触手の一本がスカンデュラを捉えた。

「ボス！」

オリファントが叫び声をあげ、ネロに向かってめちゃめちゃに拳銃を乱射した。弾丸がネロの身体を貫き、血飛沫《ちしぶき》が飛び散る。が、ネロは気にも留めない。触手は見る間にスカンデュラをぐるぐる巻きにしていく。

巻きついた触手の中から、あり得ないものが聴こえた。

ニック・スカンデュラの悲鳴だ。

ホワイトヘヴンの夜の支配者《顔役》ニックが、罠にかかった獣のように悲痛な声を上げている。

枝分かれした触手が戸口めがけて駆け出した手下を捕まえる。

一人。また一人。逃げ惑うギャングたちが触手に捕らえられていく。

今度はオリファントがぐるぐる巻きになった。薄黒い触手が捕えたギャングたちの身体をまさぐり、ギャングたちは悲鳴をあげ、ぴくぴく痙攣《けいれん》した。

どくん、と触手が脈打つ。どくん。どくん。

何かが流れ込んでいる。ネロの中に。

ゾッとして総毛立った。

固まりつつあるコンクリート液の中にぶら下がっていることより、いま目の前で起きている光景の方が恐ろしい。

前にも見ているけど、こんなじゃなかった。桁違《けたちが》いだ。

ウーッフゥ……ウーッフゥ……ウウウーッフッ……。

ネロの姿がぶわっ、とぶれて見えた。一回り身体が大きくなった気がする。無造作な髪が見る間に長く伸びて黒光りする滝のように身体を覆《おお》った。

薄黒い触手でギャングたちから何かを奪うネロの姿が少しずつ変わっていく。

「ネロ！　どうなってるんだよ！」

ネロが顔を上げた。

端整な造作と、燃え盛る炎のような二つの眼。

瞳の、白いところが全くなくなっていた。白目も黒目もなく、全体が灼熱《しゃくねつ》の溶岩《ようがん》のようにぬめぬめと赤かった。

違う……ネロじゃない。

あれはネロじゃない。ネロだけどネロじゃない！

「ネロ！　あんた変になってるよ！　正気に戻れよ！」

スーツの背が瘤《こぶ》のようにもりもり盛り上がり、耐えかねた布地がばりばりと張り裂けた。高価なスーツを切り裂いて黒々とした一対《いっつい》の翼が現れる。

なんだ……？　あれは……！

触手に捕らえられたギャングたちは悲鳴をあげるのをやめ、つぎつぎ床に座り込んでいった。巻き上げ機を操作していた男が制御盤にしなだれかかるようにへなへなと膝から崩れる。

ガコン、と厭《いや》な感じの音がした。

あの気味悪い唸り声や、ギャングたちの悲鳴とは全く違う、重い金属音だ。続いて天井の方から違う音が響いてくる。

きりきりきりきりきり……。

ああ、まさか……！　そんな……！

男が倒れかかったとき、体重で制御盤のレバーが押し下げられて巻き上げ機が解放されたのだ。

巻き上げ機のドラムが動き出す。

がらがらと鎖が走る。

「ネロ！　助けてくれ！　ネロ！」

ネロにはまるでシモンの声が聴こえていないみたいだ。

ついに鎖が伸び切った。

がくん、と身体が下がる。それでもすぐには沈まなかった。液がどろどろだからだ。

コンクリート液の表面に浮かんだ水の膜《まく》が間近に見える。

ゆっくりとその中に沈んで行く。ずぶ。ずぶ。ずぶ。

「ネロ！　ネロ……！　たすけ……」

それから、ごぶり、と沈んだ。

静寂。

6

シモンは灰色の闇の中にいた。何も見えない。

（俺は死んだのか……？）

だが、死んでいないような気がする。

死んだのならいつまでもコンクリート液の中にはいないんじゃないかと思う。天国とか地獄とか、どこかそういうところに行くんじゃないか？

ここはどう見てもコンクリート液の中だ。それなのに、息が出来る。コンクリート液に身体が触れていない。空気の層に全身がすっぽりとくるまれているからだ。

どうなっているんだ……？
（シモン）
誰かが呼ぶ声が聞こえた。

（シモン。わたしはいつもおまえとともに在《あ》ります。おまえが善の心を失わない限り）

その声は、自分の内側から聴こえていた。

知らないのに、どことなく懐かしさがあった。遠い記憶の中で聴いたような、そんな声。

（あんた、だれ……？）

（わたしは、守護者。おまえの内に在っておまえを護《まも》る者）

俺の内側にだって……？

自分の中にそんな奴がいたなんて吃驚《びっくり》だ。

（俺を護ってるの？　けど今まで俺が酷《ひど》い目にあってても助けてくれなかったじゃないか）

（わたしを目覚めさせるのは善の心）

（ちょっと待てよ。今までは寝てたってこと……？）

（そうとも言えます。おまえの中はとても寝心地がよいのです）

守護者とか言う割にはなんだか頼りないな……。

（これ、あんたがやっているの？　俺の身体がコンクリ液に触れていないのは）

（そうです。わたしはおまえを死なせるわけにはいかない。それに、コンクリート液は髪が傷《いた》みますから）

（もっと早く助けてくれればよかったのに。固まっちまうよ）

（大丈夫です。ポケットのミントキャンディを液に混ぜましたから、固まる心配はありません。砂糖はコンクリートが固まるのを阻害《そがい》するのです）

（そうなのか！　あんたが買わせたの？　俺がコンクリ詰めにされそうだって気づいてたから？）

（その答えはイエスでありノーです。ミントキャンディはわたしが食べたかったので）

どうも調子が狂う。

それでも護ってくれてはいるらしい。現にコンクリート液の中でもこうして息をしていられる。

(俺をコンクリの中から出せる？　それとネロが変になっているから助けなきゃ)

(おまえを外に出すのは簡単です。だが、あの男を救うのはとてもむずかしい。わたしの仕事ではありませんし)

(そんなこと言わないでくれよ！　あいつ、口は悪いけどいい奴なんだよ！　俺を助けに来てくれたんだ！)

(そうですねえ。では、とりあえずここから出ましょう)

不意に光が射し込んで周囲が明るくなった。

身体の周りのコンクリート液がぱっくり左右に分かれている。手首を縛《いまし》めている縄がぱちんと切れた。身体が浮上し、水槽の縁《ふち》を越えて空中に浮き上がる。

(うわ。俺、宙に浮いてるのか……)

ゆっくりと床に降りた。

どれくらいのあいだ水槽の中にいたのか分からなかったが、倉庫の中の様相は沈む前とだいぶ変わっていた。

倉庫の中に立っている人間は一人も残っていない。

ニック・スカンデュラは手足を広げて仰向《あおむ》けに倒れている。

死んでいるように見える。

他の連中は死んではいない。ただ魂が抜けたようになっているだけだ。ジム・オリファントは倒れて動かないスカンデュラの横に座り込んでいる。手下どもはその周辺にぽつぽつと座ったり転がったりしていた。

その傍《かたわ》らに、禍々《まがまが》しい色彩を帯びた人影が立っていた。

はだしの足先にエナメルを塗ったように黒い割れた蹄《ひづめ》が見える。背には一対の透き通るように黒い翼があり、流れ落ちる黒髪の中からは野生の羊に似たぐるぐる捻《ね》じれた二本の角《つの》が左右に大きく飛び出していた。

悪魔……？　悪魔だ。

そいつを何と呼ぶかといったら、悪魔と呼ぶほかなかった。

ゆっくりと悪魔がシモンの方を向く。

黒い滝のような髪に縁取られた顔は、ネロの面影を留《とど》めていた。非の打ち所のない顔立ちはほとんど変わっていない。だが、完璧な男性美を備えた顔からはすべての表情が消えている。

表情の消えた顔はむしろ以前より完璧に見えた。灼熱の溶岩のように輝く一様に赤い眼を除けば。

（おまえは、あれを助けるというのですか？）

（だって……だってあれはネロなんだろ……？）

（確かにおまえがそう呼んでいる存在はあれの内に在ります）

つまり、あれはやっぱりネロなんだ……。もう顔だけしかネロの部分は残っていないけれど。

（ネロはなんであんな姿になったんだ……？）

（あれはおまえがネロと呼ぶ者の中にずっと巣食っていたのです。いままでは表にでないよう抑《おさ》えて

おけたのでしょう）

今まで抑えておけたのに、なんで今は抑えられないんだ……？　ハッとして、抜《ぬ》け殻《がら》みたいになって座り込んでいるギャングたちを振り返った。

もしかして、あいつらから何かを――悪魔の餌《えさ》になる何かを大量に吸い取ったからなのか……？

（元に戻せないのか？）

（むずかしいと言ったでしょう。いまはおまえがネロと呼ぶ者より、あれの方が強くなっていますから）

（あいつ、これからどうなるんだ……？）

（より多くの餌を摂《と》り、より大きくなるでしょう）

（大きいって、どれくらい……？）

（さあ。制限はありませんから）

物凄《ものすご》く拙《まず》い気がする。

ネロが悪魔を抑えられなくなってこの姿になったんだとしたら、これ以上悪魔が大きくなったら二度と元に戻れないんじゃないか……？　今のサイズでも抑えていられないのだ。

ネロの顔をした悪魔は唸りながら白目のない真紅《しんく》の眼でシモンを睨みつけている。と、次の瞬間真っ黒な翼を広げてばさりと舞い上がった。

うわっ！　飛ぶのかよ！

悪魔は倉庫の中をぐるぐる二、三周飛び回ると、上方の硝子窓を突き破って外に飛びだしていった。

（どこに行ったんだ⁉）

（餌のたくさんあるところではないですか）

餌……人間……？　大変だ……！

人間がたくさんいるところといえば、ホワイトヘヴンの中心街だ。ホワイトヘヴンには六百万の人間が住んでいる。

無制限に大きくなる悪魔が街に行ったとしたら……？

コリンズはネロは極悪人からしか奪わないと言ってたけど、ネロの悪魔は気にしないに違いない。

（あいつを止めなくちゃ！　追いかけてくれよ！）

（ですからそれはわたしの仕事ではありません。あれを止めたいのならおまえが自分でやるのです）

（どうやって追うんだよ！　あいつは飛んでるのに！）

（おまえは、どうやって水槽から降りましたか？）

あ。そうか。さっき、俺、飛べたんじゃないか……？

ネロを追っかけて飛ぶぞ！

そう強く念じると、何かが背中から左右に広がった。透き通った翼みたいなものだ。試しに動かしてみると、身体が宙に舞い上がった。

よし、追うぞ！

悪魔が突き破った窓から外に出てみる。

「ネロ！　どこだ！　返事しろよ！」

もちろん返事はない。飛びながら辺りを見回した。遠くに摩天楼《まてんろう》が見える。もうホワイトヘヴンの街まで飛んでいってしまったんだろうか……。

でも、近くにいる気がするのだ。ネロの悪魔の放つ禍々しいオーラが感じられる。

その禍々しさを感じる方に視線を落とす。

いた！　見つけた！

倉庫前に乗りつけられたギャング連中のオートモービルの脇で、ネロの悪魔が若い男を襲っている。

遠くまで行かなくても手っ取り早い餌を見つけたらしい。悪魔はスカンデュラのオートモービルの見張り番をさせられていた三下《さんした》を両手で抱えこんでいる。その背の辺りから薄黒い触手が湧き出して見張り番の男にぐるぐる巻きついた。

ウーッフゥ……フフウ……ウウウーッフウッ……。

見張り番はたぶんファミリーに入りたてで、まだそんなには悪事にだって手を染めていない筈だ。少し間違ったら、自分だってギャングの見張り番をしていたかもしれないのだ。

急降下してネロの悪魔の眼前に飛び降りる。

「ネロ！　やめろ！」

悪魔はかかえていた男を放りだし、灼熱の溶岩のような眼をすがめてシモンを睨んだ。さっきより大きくなっている。もともとネロはシモンより背丈があったが、今は頭一つ分以上大きくなって七フィートを優に越えていた。

「ネロ！　正気に戻ってくれよ！　俺だよ！　シモンだよ！」

ネロの顔をした悪魔が牙《きば》を剥《む》き、シューッ！　と唸《うな》り声をあげる。

やっぱり俺が分からないのか……。

突然、涙がでそうになった。

ネロがこんなことになったのは俺のせいなんだ……。俺を助けに来たりしなければこんな姿になったりしなかった。

傲慢《ごうまん》で自己中で口が悪くて鼻持ちならないけど、あいつのことは嫌いじゃなかった。たぶん、ネロはわざと人に嫌われるように振る舞っていたんだと思う。自分の中に悪魔がいるって知ってたからだ。

だけどネロと何十年も前から付き合いのある下町の商店主は、誰もネロを悪く言わない。それどころか、ネロのことを心配してた。たぶん、あそこでは鼻持ちならなさを発揮するのを忘れてたんだろう。それは、本来のネロじゃないから。

拳銃を持ってネロを殺しに行ったときのことを思い出した。返り討ちにあって、奴隷首輪をつけられたのだ。

あのときはなんて酷い奴なんだろうと思った。血も涙もない冷酷な奴隷主だと。

だけどネロが実際にしたのは、衣食住つきの仕事をくれることだった。スカンデュラ一家の鉄砲玉よりずっとまともな仕事を。シモンがスカンデュラ一家と切れていないのを知ると、手を切るよう画《かく》策《さく》した。それは上手く行かなかったけど、ネロが骨折ってくれたのは間違いないと思う。

「ネロ……この首輪、あんたか俺が死んだら無くなる筈だろ。あんたがあんたじゃなくなったらどうすればいいんだ……？」

　ネロが元に戻らなかったら、もう二度とペルデュラボー・アパートメントの四十五階で一緒に食事をすることもないのだ。ミセス・モローの作るステーキ料理は旨《うま》かった。それに赤ワインもだ。だんだんワインが好きになってきていたのに。

「またあんたと一緒にステーキが食いたいよ……今のあんたはそんなもの食わないんだろうけど……」

　ネロの悪魔から光輪のように広がった触手がぎらぎらと揺らぎ、濃くなったり薄くなったりしながら伸びてくる。枝分かれした触手が手足にぐるぐる巻きついた。全身に鳥肌がたつ。

「ネロ！　俺からは摂らないって言ったじゃないか……！」

　ウーッフゥ……ウーッフゥ……フッフウッ……。

　ネロには、もう分からないのだ……。触手で捕まえているのがシモンだということも分からないのだ。

　触手は締めつけ、這い回り、目や耳や口や狭い隙間を探る。

きもちわるい！

（守護者！　居るんだろ！　止めさせてくれ！）

（おまえはあれを助けたいのではなかったですか）

（助けたいよ！　ネロを助けたい！）

（では辛抱《しんぼう》なさい）

　辛抱しろだって……？

発狂しそうに気色悪いのに！

ウーッフゥ……ウウーッフゥ……フウッ……。

気味悪い感触がぬるぬる潜《もぐ》り込《こ》んできた。いやだ。気持ち悪い。おぞましい。触手が何かを探り当て、口をつける。

ずるり。

吸っている。吸いとっている。

柔らかな何か。形のない何か。重さのない何か。触手が脈打つたびに、それがずるずると吸われる。ずるり。ずるり。いやだ。ずるり。吸われていく。何かが自分の中から吸い取られていく。いやだ。やめろ。やめてくれ！

いやだいやだいやだいやだいやだ！

叫ぼうとしたが、声が出ない。

(俺もあのギャングたちと同じ抜け殻になるのか……)

だが、ひたすら気色悪いだけで一向にそうなったような気はしなかった。意識がはっきりしているから余計に気色悪い。

どうなっているんだ……？

触手が目隠しするように目を覆《おお》ったので何も見えない。触手で満たされた耳に聴こえるのは自分の心臓の音ばかりだ。

どくん。どくん。どくん。どくん。

（……シモン……？）

聴こえた。確かに聞こえた。誰かが名前を呼んだのだ。

（……シモン……おまえなのか……？）

《守護者》じゃない。ネロだ。ネロの《声》だ……！

（そうだよ！　俺だよ！　シモンだよ！）

ネロだ……！　やっぱりネロは悪魔の中にいたんだ！

（シモン……どういうことなんだ……いったい何が起きているんだ……？）

（何って、あんたの悪魔が俺から何かを吸い取ってるんだ！）

（おまえからだと？　何故だ……奴が弱ってきている……！）

（奴って、あんたの悪魔か！）

（ああ！　これは……！　まさか……！）

喰ってるのになんで弱るんだ……？

身体中に巻きついていた触手がふっ、と弛《ゆる》んだ。

目と耳を覆っていた触手がほどけて悪魔の姿が見えた。

薄黒い触手はほどけてゆらゆらと宙を泳いでいた。ゆらゆら揺れて、溶けるように薄く消えていく。

（ネロ！　ネロ！）

どうなってる……？　なんで触手が消えてくんだ……？

触手が離れたからか、ネロの《声》はもう聴こえなかった。

突然、悪魔が雷鳴のような咆哮《ほうこう》をあげた。同時に猛烈な風が吹きつけ、木製の荷積みパレットが紙切れのように宙を舞う。

突風の中で悪魔の姿がぶわっ、とぶれて見えた。

縮んだのだ。見上げるほどの大きさだったのが、全体に一回り小さくなっている。

もしかしたら、ネロが内側で悪魔と闘っているんじゃないのか……？

「ネロ！　負けるなよ！　あんたは０級の最強魔導師なんだろ！」

再び悪魔が咆哮し、その姿がぶれた。

巨大な翼があがくように羽搏《はばた》きながら小さくなっていく。

二本の角は短く縮んで髪の中に見えなくなった。その髪も短くなって身体を覆うほどの長さから元の無造作な髪形に近づいている。背丈がさらに縮んだのは黒エナメル色の蹄が消えたからだ。

溶岩のような眼がゆっくりと瞬《しばた》く。

再び瞼が開いたとき、一様に真っ赤だった眼は炎を宿した黒炭の瞳に変わっていた。

そこにいるのは間違いなくアンブローズ・ネロだった。スーツはボロボロに裂けていて、破けたスラックスから突き出た足は裸足《はだし》というひどい有様だけれど、ネロには違いなかった。

「ネロ……！　元に戻ったんだ！」

よかった……本当によかった……。

それ以外、何と言ったらいいのか分からない。ただ純粋にネロが戻ってきたのが嬉しかった。

それに、ホワイトヘヴンの街も救われたんだ……たぶん。

ネロは呆然と立ち尽くしている。

「ああ……シモン……おまえはどうして……」

言いかけたネロの視線がじっとシモンに注がれる。

「なんということだ……そうだったのか……！」

「何がそうなんだよ？」

「おまえの中に居るものだ……おまえは知らなかったのか？」

あ！　あいつのことか……！

「やっぱりあんたには分かるんだな⁉」

「ああ、ああ……分かる。分かるが……何故なのだ……」

「分かってるならあいつが何なのか教えてくれよ、俺には分からないんだ！」

そう、空も飛べたのだ。

だが、気がついたらいつのまにかあの透き通った翼は消えてなくなっていた。

頭の中の《守護者》が言った。

（シモン。よく辛抱しましたね。では、わたしはもうやすみます。おやすみなさい）

◆◆◆

《守護者》は本当に寝てしまったらしく、もういくら話しかけてもうんともすんとも言わなかった。

残骸《ざんがい》になったスーツを纏《まと》ったネロは裸足のまま倉庫の脇に積まれた木箱に腰を下ろし、じっとシモンを見つめている。

「『あれ』を見たんだな、シモン……」

シモンは小さく頷いた。

『あれ』が何を指すのか説明する必要はなかった。あれの前では今日起きた他のすべてが吹っ飛ぶ。

「前に見た触手みたいなのはあの悪魔の一部だったんだ……あれはいったい何なんだ……？」

「分かっているじゃないか。おまえの言う通り、あれは悪魔だ」

「そうじゃなくてさ……」

どうしてネロがあの姿になったのかを聞きたいのだ。

ネロはシモンを見上げて笑った。

「不満そうだな。分かった。話そう……」

ごくりと息を呑む。たぶん、ネロがこれを誰かに話すのは初めてなんじゃないか。

「……百二十年ほど前のことだ。私は若く、野心に溢れていた。私は誰よりも魔の法をうまく使いこなせると思っていた」

「今もそう思ってるだろ？」

「茶化すな。私は自分の力を過信していたんだ。決して呼びだしてはいけないものを呼びだした。今まで誰も召喚《しょうかん》したことのない悪魔だ。私になら使役《しえき》できると思った。あれが現れたとき、私は間違いに気づいた。あれはこの世に在《あ》ってはならないものだ。だが、一度召喚した悪魔を元の場所に送り返すことが出来なかった」

「あんたにも出来ないことがあるんだ……」

「たくさんあるさ。喚《よ》び出した悪魔を送り返せなかった私は、咄嗟《とっさ》に自分の中に閉じこめたんだ」

「悪魔を自分の中に……？」

「そうだ。私自身の中に悪魔を封印したんだ。幸か不幸か、悪魔と私の力は完全に拮抗《きっこう》していた。私は悪魔を、悪魔は私を滅ぼすことができない。完全なバランス状態だ。私が生きている限り、奴は私から逃れられない。だが、私が死んだらあの悪魔はこの世に放たれる。人間の寿命は悪魔と比べたら遥かに短い。私の方が先に死ぬのは自明《じめい》の理だった……」

ネロは長々と溜め息を吐いた。

「私は悪魔の力を使って自分に円環状の不死の呪《のろ》いをかけた。コンマ一秒ごとに更新され、終了設定のない呪いだ。私が傷付けば悪魔が修復し、悪魔が傷付けば私が修復する。互いの中に無限に落ちて行く状態を作りだしたのだ。永遠に同じところを廻り続けるようなものだ。だから私も死なないが、悪魔も決して死なない。悪魔をこの世に解き放たないためには、私は永遠に悪魔を飼い続けるしかない。私は永遠のデヴィル・ホルダーになったということだ」

「それがあんたの不死身の理由なのか……」

「そうだ。同じ術を使ったとしても、悪魔と完全にバランスしなければこうはならない」

つまり、スカンデュラがいくら欲しがっても、ネロと同じ不死身になることは出来なかったんだ。

たぶん、他の誰も真似できないだろう。

「だが、問題が起きた。私の中の悪魔が飢《う》えを訴えるようになったんだ。不死の呪いがあるから悪魔は飢えても死なないが、ひどく怒りっぽくなる。そのうえ、悪魔が弱ると不死の呪いも弱まるという矛盾が生じてしまう」

「悪魔って何を喰うんだ……？」

「主に人間の魂だ」

「魂……喰うの？　魂を取られたら人間はどうなるんだ……？」

「魂を失ったら人間は死ぬ。生きていられない」

「けど、あいつらは死ななかったよな？　マーシー殺しの犯人や、オリファントの手下どもは」

「ああ。その通りだ。魂の一部だけなら失っても人間は死にはしない……おのれの一部を失うが……」

文字通り『魂が抜けたような状態』になっただけだ。

ネロはシモンの方を見ていなかった。まるで遠い過去に向かって話し掛けているようだった。

「……やがて私も奴の飢えを感じるようになった。どうしても悪魔に餌を与えなければならなかった。だから私は相手が死なないように魂の一部だけを奪うことにしたんだ。魂の、悪に染まった部分だけを」

「悪に染まった……？　そこだけ取れるのか……？」

「ああ。悪は罪によって醸《かも》される。悪業を好む人間の魂には悪が蓄積されていく。その香りは悪魔にとっては極上のワインのようなものだ。だから魂から悪に染まった部分だけを選《よ》って与えても文句は言わない。むしろ歓迎だ」

「コリンズは、あんたが極悪人からしか『何か』を奪わないって言ってた。俺は、正義の味方みたいだって思って……」

「違う。私は正義の味方なんかじゃない。餌になる部分が多いから極悪人を餌食《えじき》にしただけだ。百年以上、人間の悪だけを喰ってきた悪魔は今ではたいした美食家になっている。私が探偵業を始めたのは、狩りのためだ。悪魔の餌になる悪人を狩るためなんだ」

――それほど染まっていないことを祈るんだな――

――若いわりに染まっていた。余罪がかなりあるぞ――

前に、ネロがそう言った意味が分かった。

だから、ギャング連中はああなったんだ。悪に染まっているほど魂をたくさん吸われるからだ。連続殺人犯は生きてるだけの抜け殻になった……。

「《顔役》はなんで死んだんだ……？」

「スカンデュラは悪魔に気に入られ過ぎたんだ。悪魔は奴の魂を一片余さず吸い取った。奴の魂は全てが悪に染まっていて、残しておける部分がなかった。こんなことは初めてだった」

「悪魔にとってはすごい御馳走《ごちそう》だったってこと……？」

「そうだ。最高級のフルコースだ。スカンデュラの大量の『悪』を喰った悪魔は強くなり過ぎた……バランスが崩れた。歯止めが効かなくなって、それであのザマだ」

「悪魔の姿になった……？」

「そうだ。立ち位置が逆転して悪魔の方が私を内側に封印した状態になった。奴はかなり強くなっていたから、あのまま二度と戻れないのではないかと思ったが……」

ネロは顔を上げてこっちをじっと見た。

「おまえのお陰で元に戻れた。正確には、おまえの中の聖守護天使のお陰でだが」

「俺の中の何だって……？」

「聖守護天使《ホーリー・ガーディアン・エンジェル》だ。おまえの中には天使がいる」

口がぽかんと開いた。

「嘘だろ……？」

「嘘を言って何になる。さっきので分かった。おまえは世にも稀《まれ》なエンジェル・ホルダーだ、シモン」

「エンジェル・ホルダー……？」

「そうだ。聖守護天使は個人を守護する天使のことだが、通常は加護を得られたとしても遠くから見守られるだけだ。だが、おまえの場合は天使は内側にいておまえを守護している。こんなのは、百年以上生きていても見たことも聞いたこともない」

あの自称《守護者》は天使だったのか……！

自分がそんな変なものだったなんて仰天だ。

「悪魔が俺から摂れなかったのはそのせい……？」

「ああ。おそらく悪魔はおまえの魂を吸い取ろうとして、逆に天使に『善』を流し込まれたんだ。無限の『善』の力をな。私には大量に喰った『悪』がどんどん中和されて奴の力が弱まるのが分かった。その隙に奴を押さえこむことが出来たんだ」

辛抱なさい、って言ったのはそういうわけだったんだ。

あいつ、ネロを助けるのは自分の仕事じゃないなんて言いながら、ちゃんと助けてくれたんだな。

「じゃあ、さっき俺の頭の中で話しかけてきた変な奴は天使だったんだな……」

「自分の中の天使と話したのか。名は聞いたか？」

「名前は言わなかったんだ。ただ《守護者》だって。なんか変な奴だったよ。俺の中は寝心地がいいとか、キャンディが食べたかったとか」

寝ぼすけの天使だ。普段は寝ているみたいだし、ネロを手助けしたあともさっさと寝てしまった。

「だけど、どうして俺の中に天使がいるんだ？」

「そこまでは分からん。おまえには覚えがないのか」

「さっぱりだよ……だけど、あの声には何か聞き覚えがあったんだ。懐かしい感じがした」

たぶん、小さいときからあの天使は自分の中にいたんだ。

知らないうちに助けてくれていたのかもしれない。でも、悪いことをしようとしているときは助けてくれないのだろう。

ひとつ思い出した。

悪仲間に唆《そそのか》されて悪事を働こうとしたとき、いつも着手以前に失敗していたのだ。お陰で前科はない。あれは、あの天使に邪魔されていたんじゃないだろうか。

「おまえがセレマ不能者である理由はその天使だろう。天使が内側にいるせいで、おまえには奇跡力が備わったからだ。ひとりの人間が魔の法と奇跡力の両方を遣《つか》うことはできない」

「俺にはそんなもの使えないよ」

「使えなくても、前にもおまえはその力に救われている。誘拐犯に撃たれたとき弾が逸《そ》れたのは奇跡力によるものだ」

「あ！　あのときの……！」

誘拐されたスーザンを助けに行って、犯人に撃たれたときだ。絶対当たるコースだったのに、弾丸は逸れたのだ。

「あんたが魔の法でやったんだと思ってた」

「違う。あれは私のミスだった……おまえが撃たれる危険を予想しなかった」

「あんたのせいじゃないよ。けど、あのとき別に善《い》いことをしてたわけじゃないのに、なんでその奇跡力とかが出せたんだろう」

「おまえはスーザンを助けに行こうとしていただろう？」

「だって、誘拐された女の子が目の前にいたら助けるのは当たり前じゃないか。別に善行《ぜんこう》ってわけじゃないよ」

ネロはひゅっと音をたてて息を吸い込んだ。それから声を立てて笑い出した。

「シモン……おまえって奴は……」

「なんだよ?」

「いや。なんでもない」

ネロは笑い続けている。何がそんなに可笑《おか》しいんだろう。

そういえば、今日はなにか善いことをしたっけ……？　自分が誘拐されただけだ。

「シモン」

「だからなんだよ」

ネロは座ったまま片手を前に突き出した。

「……『我、己の真の意志の命ずるところにおいて自《みずか》ら求むることを行わん、それが法のすべてなれば』」

首の周りでぱあん、と軽い音がした。ハッとなって襟元《えりもと》に触った。奴隷首輪がなくなっている。

「悪魔が天使を奴隷にしておくわけにはいかないからな」

「あ……ありがとう、ネロ……」

「礼はいらん。悪魔との闘いに加勢してくれた分だ。もうおまえは私の奴隷じゃない。おまえは自由だ、シモン。好きなところに行くがいい」

「……好きなところって……？」

「どこでもいい、おまえの行きたいところに行け」

行きたいところ……？

「……うん！」

〝はい〟と言え、と言われるかと思ったけど言われなかった。

シモンは来た道を全速力で駆け出した。

自分には行くべき場所があったのを思い出したのだ。

◆◆◆

アンブローズ・ネロはアッパー湾から吹く潮風に吹かれながら走り去っていくシモンをただじっと見送った。

行ったか……。

おかしな奴だとは思ったが、まさかエンジェル・ホルダーだったとは。

長生きすると珍しいものを見る。

思えば最初から奇妙だった。

シモンが殺しにきたとき、どうしてかあいつの魂の悪を吸えなかったのだ。

天使が相手では、悪魔も手が出せない。

どういう理由で聖守護天使が宿ることになったにせよ、天使がシモンを加護し続けているのはあいつが本質的に善良だからだ。善良というより天然と言った方がいいかもしれない。

――来ちゃ駄目だ！　絶対教えるな！――

あのとき、シモンは名前も知らない六百万のホワイトヘヴン市民の命と自分の命を引き換えにしようとしたのだ。そして自分がそうしたことに気づいてもいなかった。

シモンには聖守護天使の加護がある。

これから何があってもひとりで生きて行けるはずだ。もうギャングだの悪魔だのに拘《かか》わることもないだろう。

警察車両がサイレンを鳴らして到着した。先頭の車からコリンズ一級刑事が降りてくる。

「やあ、ネロ。電話をくれたのはあんたかい？」

「そうだ。ニック・スカンデュラとジム・オリファント、それとその手下数名を引き渡す」

コリンズがヒュッと口笛を吹いた。

「それはまた大盤振る舞いだなあ、ネロ」

「当面の容疑は誘拐と殺人未遂だ。掘ればいくらでも出るだろう。五十回絞首刑《こうしゅけい》にしても足りないくらいにな」

倉庫の中に入って行った制服警官が戻ってきて報告した。

「八名、確保。放心状態で無抵抗です。生コン槽は棒で確認しましたが、誰も沈んでいません」

「ご苦労」

「容疑者一名は死亡しています」

「死んでる？　誰が死んだんだ？」

「ニック・スカンデュラと思われます」

「現場検証が終わったら運び出せ」

制服警官が短く返事して倉庫に駆け戻って行くと、コリンズが小声で囁いた。

「死んだのはホントに《顔役》ニックか？」

「ああ」

「ちょっと拙《まず》いなあ。死んだってのは。ああ、この街のためにはよかったけどさ」

「外傷はない。毒物もだ。自然死扱いになるだろう」

「まあ、そうだろうな。心臓麻痺《まひ》ってとこかな」

それから、改めてネロをまじまじと眺めた。

「それにしてもひどい格好だなあ、ネロ。靴はどうしたんだ?」

「どこかに失くしたらしい」

「どうやったら靴なんか失くせるのか分からんねぇ」

コリンズはふふふ、と笑った。

この男との付き合いはもう数年になる。ある程度の事情は知っているが、それ以上の詮索はしない。だから続いているとも言える。

制服警官がオリファントと手下どもを手錠と綱で繋いで警察車両まで歩かせている。

ふと気になって連行されていく連中の姿を目で追った。マントの魔導師の姿がない。

「確保したのはファミリーの連中だけか?」

「そうだが。他にもいたのか?」

「いや……」

ゾラは逃げたということか。

暴走した悪魔から逃げ延びたとは、超一級を自称するだけあって少しはやるようだ。奴とはそのうち決着をつけねばなるまい。警察にはどうせ無理だ。

放心状態のギャングたちを警察車両に詰め込み、コリンズは運転席に乗り込んだ。

「まあ、毎度あり、ってとこだな。また頼むよ、ネロ。あんたのお陰でこの街も多少きれいになる」

裸足で《ファントム》を運転してペルデュラボー・アパートメントに戻った。失くした靴は出てこないだろう。どうせスーツを新調しなければならないから靴も新しく誂《あつら》えよう。ここ数週間で駄目にしたスーツはこれで三着になる。うち二着はシモンが駄目にしてくれたのだ。あの馬鹿めが。

いつものようにミセス・モローが出迎える。

「おかえりなさいませ、旦那様」

「ミセス・モロー。私の着替え一式をだしてくれ」

「かしこまりました。旦那様のお召し物をお出しします」

思ったとおり、ペントハウスにシモンは戻っていなかった。

私物は残っているが、戻ってはこないだろう。あいつを縛りつける首輪はもうないのだ。

ぼろぼろになった服を脱ぎ捨て、ミセス・モローが出してきた新しいシャツと上着を身に着けた。

今日はこれ以上どこにも出掛ける予定はないが、習慣なのでネクタイを締めた。

ネロは常に服装に気を配り、流行遅れにならないように注意していた。身仕舞いに気を配ることをやめたら人間でなくなるような気がする。内側は既に人ではないのだから。

事務所を見渡す。

奇妙なくらい静かだ。シモンの奴がいないからだろう。

奴は何かとうるさかった。

おはようだの、おやすみだの。

あいつはあまりに若く、物知らずだから、こっちがいろいろ教えてやらねばならなかった。言葉遣いもだ。新聞を読んでいるとよく脇からちょろちょろ覗き込んだ。そうだ。人が読んでいる新聞を覗くのはマナー違反だと教えてやればよかった。

シモンの奴ときたら、ワインの味も解らないときている。

このところ奴に合わせてローヌ河畔《かはん》産の若いワインばかり飲んでいた。お陰でシモンもコート・デュ・ローヌの味は多少解るようになったらしい。

（……割と旨いな。ブラックベリーみたいな香りがする）

微《かす》かな笑みが浮かぶ。あと何十年かすれば、シモンにもワインの味が解るようになるかもしれない。

結局、奴がここにいたのは七週間くらいか。人間が家の中にいるのはどうも落ち着かなかった。なにしろ、生きた人間と同じ家で暮らすのは九十年ぶりだったのだ。

これでまた以前と同じ静かな生活が戻ってくる。

ミセス・モローとゴーレムがいればほとんどの用は済む。人間の下僕など必要ないのだ。

スクラップ帳の棚に目をやった。

そういえば、目次作成が途中だった。

こんなものは別にどうでもいい。シモンに出来そうなことが他になかったから言いつけたのだ。新聞スクラップ自体、惰性《だせい》で続けていただけでもう止《や》めてもかまわなかった。この街で起きる犯罪については充分過ぎるほど学んでいる。

そうだ。今夜は久しぶりにヴィンテージのサンテミリオンを開けよう。早めに空気に触れさせておいた方がいいだろう。

ミセス・モローに一人分の夕食の支度を命じようとしたとき、事務所の呼び鈴が鳴った。

こんな時間に届けものか？　一階の受付がよく通したな。

「ミセス・モロー。荷物を受け取ってきてくれ」

「かしこまりました。わたくしは荷物をうけとります」

応対に出たミセス・モローが手ぶらで戻ってきた。

「どうした。荷物じゃないのか」

「いいえ。ちがいました。セラフィンさまでした」

なんだと……？

問い返す間もなく、事務所エントランスの間仕切りの向こうからおずおずと本人が現れた。

シモンだ。

「ごめん、ネロ。俺、鍵をなくしたらしくてさ。たぶんあのコンクリ液の中にあると思うんだ。ポケットに入ってたミントキャンディのお陰で固まらない筈だから浚《さら》えば出てくるんじゃないかと……」

呆然とシモンを見つめた。

今日、呆然となるのは二度目だ。

「どうして今頃戻ってきた……？　私物を取りに来たのか？」

「違うよ。仮縫いに行ってて遅くなったんだ。『トーマス&サンズ』に。俺の青いスーツ、来週出来るってさ。青って言っても明るい色じゃなくて、凄《すご》い深い藍色だった」

「……そうじゃない！　どうして戻ってきたんだ？　どこにでも好きなところに行けと言っただろうが！」

「うん。それで考えてみたんだけど、ここ以外、行きたい場所を考えつかなかったんだ。前のヤサは引き払ってるし。オリファントがああなったからエスコート・サービスの仕事もないんだ」

「それが理由か？　他に行き先がないのか？」

「そうじゃない。ここが俺の来たかった場所なんだ。あんたのペントハウスがさ。だから今度は奴隷としてじゃなく、ちゃんと俺を雇ってくれ」

思わず絶句した。さっきまで奴隷主だった相手に向かって、雇ってくれだと……？

やっぱりこいつは馬鹿じゃないのか？　それとも天然か？

「……見ただろう。私の中には悪魔がいる」

「俺の中に天使がいるって言われたって、全然そんな気はしないよ。あんただって同じだろ？　悪魔が中にいたって、あんたはあんただ」

天然だ……。

どう考えても、こいつは犯罪だの悪魔だのに関わるべきじゃない。こいつは、こいつ専用の聖守護天使の加護で一生まっとうに、幸せに暮らせるはずなのだ。

「最初におまえが私を殺しに来たとき、私はおまえの魂を悪魔に喰わせようとしたんだぞ」

「途中でやめたじゃないか」

「やめたんじゃない。出来なかっただけだ。おまえの中の天使のお陰だ。天使が邪魔しなければ喰わせていた」

「そうだったのか。けど、俺だってあんたを撃ったんだからおあいこだな。ネロ、雇ってくれよ。アンブローズ・ネロ探偵事務所の助手ってことでさ」

「助手だと？　どこからそんな馬鹿げた考えが出てきたんだ？　探偵助手は楽な仕事じゃない。危険なんだぞ！　私が相手にするのは、危険な犯罪者だ。スカンデュラみたいな奴だってまだいる。もっと恐ろしい奴もだ！」

「俺には天使の加護があるから大丈夫だと思うんだけど……」

「馬鹿者！」

シモンの中の天使が今まで存在を明かさなかったのは、こういうことを予期していたからに違いない。天使に護られていると思えば人間は堕落《だらく》して身を守る意識が薄くなる。

「おまえが頭を殴られて気絶していたとき、おまえの天使は何をしていた？　おまえが倉庫で宙づりになっていたときは⁉」

「確かにあの天使はちょっと寝坊みたいだけどさ。結局は助けてくれたし……」

「二度とも私が助けに行ったんだ！」

どんなに心配したと思ってるんだ……！

「うん。あんたが助けに来たとき、俺、すごい嬉しかった。来るな、って言ったのに来てくれたから」

「来るなと言われてやめると思うか?」

「いや、来るとは思ってたんだけどさ……それでも本当に来たときにはあんたが天使に見えた」

「馬鹿を言え。天使はおまえだ」

そして自分は悪魔だ。

自分はもうあれと同化している。自分の中からあの悪魔が消えるときは、双方同時に死ぬときだけだ。それ以外にあれと自分を切り離す方法はない。

永遠のデヴィル・ホルダーとはそういうことだ。

だから自分には近しい者などいない方がいい。

「ネロ。俺さ……あんたが金持ちなのになんで副業で探偵なんかやってるのかって思ってた。けど、分かったよ。あんたは人助けをしたくて探偵をやってるんだ。あんたなら、警察に助けられない相手も助けられる」

「何を言ってるんだ。探偵業は悪魔の餌を確保するためだと言っただろう」

「それだけなら、別に探偵なんかしなくてもいいじゃないか。いい身なりで夜道をぶらつけばすぐ掏《す》摸《り》や追《お》い剥《は》ぎやかっぱらいに出逢える」

「私の悪魔は美食家だ。そんな小物じゃ腹の足しにもならん」

「あんたがそう言うなら、そういうことにしておいてもいいけどさ。けど、凶悪犯を捕まえれば人助けにもなるよな」

「結果的にそうなっただけだ」

それは、長い間意識化せずにいたことだった。

言われてみれば確かにそうだったのだ。悪人とはいえ悪魔に喰わせる罪悪感を帳消しにするために、無意識のうちにその代わりの誰かを助けることを自分に課していたのだ。

それを、見抜かれた。

「……もしそうだとしても、どうしておまえを助手にしなければならないんだ？」

シモンはけろりとした顔で言った。

「だって、あんたが悪魔で俺が天使なら、ぴったりじゃないか」

呆れた言い草だ……。

だが、これ以上もう何も反論が思いつかない。

なんとかしてシモンを雇わない理由を捻《ひね》りだそうとしたが、それも思いつかなかった。

シモンがここにいた間のことを思い返した。騒々《そうぞう》しく、慌ただしい七週間を。

それから、シモンのいない未来を想像しようとした。退屈な永劫《えいごう》の時間を。

なんということだ……想像できない。

九十年間ひとりでやってきた筈なのに、これから先のひとりの生活が想像できない。シモンのいない生活が。

ネロは長々と溜め息を吐いた。

どうあっても悪魔は天使には敵《かな》わないらしい。

「……週給二十五ダレルでどうだ」

「住み込みで、食事付きだよ」

「もちろんだ」

「じゃ、これで契約成立だ」

ソーダ水のように澄んだ青い目が無邪気に笑う。

「あんたと俺が組めば、きっとどんな事件も解決できるよ」

まったく、その自信はどこから来るんだ？

だが、そんな気がした。天使と悪魔が合同捜査して解決できない事件があるとは思えない。

「ああ、そうだな……」

「そうさ。この街を護るんだ。あんたと俺で」

思わず笑いが漏れた。

腹の底からの笑いだ。腹の底から笑うなんてことは、何十年来《らい》なかった。

いいものだ……腹の底から笑える相手がいるというのは。

ミセス・モローに命じる。

「ミセス・モロー。夕食はサーロイン・ステーキを二人分だ。それと、ローヌの赤を」

ギブ＆テイク

Give and Take

朝食のあと、事務所のデスクで新聞を読むのがアンブローズ・ネロの長年の習慣だった。ホワイトヘヴンで起きる犯罪の動向を把握するためだ。

少し遅れて朝食を摂《と》ったシモンが螺旋《らせん》階段を降りてきた。

「おはよう、ネロ。なんか面白そうな事件、あった？」

「……いや。つまらん事件ばかりだ」

ネロは落ち着かない気分で新聞を閉じた。

シモンを正式に探偵助手として雇《やと》って十日が経《た》つ。

あのときは勢いで承諾してしまったが、時間が経つにつれて分からなくなってくる。

なぜシモンはここに戻って探偵助手になることを選んだのか。

シモンはもう奴隷首輪で縛りつけられていないのだ。いつでも自分の意思で辞めて出て行くことができる。だが、今のところ辞める気配はなかった。

週給二十五ダレルは特に高給というわけではない。住み込みで食事付きということを別にすればごく平均的な額だ。シモンは若く、少々考えが足りないから給料が良ければそれだけで飛びつく可能性がある。だから奴隷のときと同じ額しか提示しなかったのだが、シモンは賃上げ交渉もしなかった。

そもそも悪魔の姿になった自分を見たシモンが、なぜここに戻る気になったのかが謎だ。

確かにエンジェル・ホルダーであるシモンはデヴィル・ホルダーの自分とでも暮らせる。だが、だからと言ってわざわざ好きこのんで身の内に悪魔を飼う男と職住を共にする必要はない筈《はず》だ。シモンなら誰とでもうまくやっていける。男だろうと女だろうと。

ジゴロ時代、街の女たちがシモンを共有していたというのは全員に愛されていたということだ。ジゴロ以外のまともな仕事には就《つ》けなかったらしいが、本当に困ったら聖守護天使が助けるだろう。シモンにはここで暮らす理由はないように思える。少なくとも、自分にはその理由が見いだせない。

「スクラップする記事、ある？」

「いや。特にない」

猫のようにしなやかな足取りでシモンがデスクの後ろに回り、新聞を覗き込んだ。

「あっ、ちょっとそのページ、見せてくれよ」

「何か気になる記事があるのか」

「違うよ。広告。映画のさ」

シモンは新聞をかっさらい、熱心に広告欄に目を通した。

「これこれ。観《み》たかったんだよなあ。いまブロードウェイの劇場にかかってるやつ。巨大猿がホワイトへヴン一の摩天楼《まてんろう》のてっぺんによじ登るんだって」

「観に行けばいいだろう。どうせ仕事はないのだからな」

「あんたも行く？」

「私がか？　行くわけないだろう」

「あー、うん……そうだよね。ちょっと言ってみただけ。夕方までには戻るよ」

ネロはいそいそと出掛けていくシモンを横目で眺めた。

巨大猿が摩天楼に登る映画だと？　シモンの奴、何が楽しくてそんなものを観に行くんだ？　何を考えているのか分からない奴だ。

それでふと気がついた。自分は、いったいシモンの何を知っているのだろう。

エンジェル・ホルダーだという以外は、根っからの天然だということくらいしか解《わか》っていない。

デスクの引き出しを開けた。そこには「シモン・セラフィンに関する調査報告書」が入っている。

もう何度も読んでいるが、報告書に書かれているのは表面的なことだけだ。

タイプされた紙をぱらぱらとめくり、ある箇所《かしょ》で手が止まった。一枚の写真が添付してある。

「……いつも二人でつるんでいた、か……」

トニー・リー。シモンと同じ孤児院で一緒に育った幼なじみで親友だという。

報告書によればリーが店を構えているビルの住所はシュアード・パークの近くだ。《ファントム》でならいくらもかからない。

◆◆◆

『リーの魔導よろず相談』は古いビルの一角にあった。一フロアを兎《うさぎ》の巣穴よろしく仕切った貸しブースの薄い木戸をノックすると、中から間延びした返事が返ってきた。

「どうぞー、開いてますから」

埃《ほこり》っぽい薄紫の布の掛かったテーブルの向こうにひょろりとした若い男が座っている。くしゃくしゃの赤毛と吃驚《びっくり》しているような丸目玉。報告書の写真はモノクロだったが、間違いない。

「トニー・リーだな？　教会のベンチを剝《は》いで対ヴァンパイア用武器を造るというのはなかなか面白いアイディアだったぞ」

若い魔導師はガタッと音をたてて椅子から腰を浮かせた。

「な……なんのことだか……」

「隠さなくていい。シモンに私を殪《たお》す秘策を授《さず》けたのが君だということは判っている」

「あ……あ……あ……アンブローズ・ネロ……？」

トニー・リーは悲鳴のような声をあげ、じりじりと後ずさった。だが、狭い貸しブースではさがると言ってもたかが知れている。数歩で壁際の棚にぶつかって尻餅《しりもち》をつくように座り込んだ。

「ひえええええ……お許しを……！　シモンが困ってたんでなんとかしてやりたくて……！」

「誤解するな。私は君を責めているわけではない。褒《ほ》めているんだぞ」

だが若い魔導師は聞いていないようだった。テーブルの下に這い込み、頭を抱えて震えている。

参ったな……ここまで怯《おび》えられるとは。

シモンの奴は最初からあまり恐がらなかったからついうっかりしていたのだ。

もちろん魔導師界で自分に関する悪い噂が独り歩きしているのは知っていた。人を寄せ付けないためにはむしろ好都合だったから放置していたのだが……。

「……ど、どうか……堪忍《かんにん》……堪忍してください……」

ええもう、面倒くさい！　頭の片隅で素早く魔の法を想起し、ぱちんと指を鳴らす。

見えない手が机の下に潜り込んだトニー・リーを猫の子のようにつまんで引っ張り出し、元通り椅子に座らせた。

抱えこんだ腕の隙間から真ん丸な目がおそるおそる覗く。

「リー君！　よく聞きたまえ、私は怒ってはいない！　むしろ礼を言いたいくらいのものだ！」

「ほ……ほ……本当に？　怒ってない……？　怒ってない……んですか……？」

「何度も言わせるな、怒ってなどいない！　いい退屈しのぎになった」

「あの……あの……あの……じゃあ、何をしにここへ……？」

「ここは相談するところではないのか？　聞きたいことがある。君の相談料はいくらだ？」

「……基本料金は一件につき三ダレル……ですけど……」

「ではその十倍だそう。シモン・セラフィンについて話してもらおうか。君は五歳のときから奴と一緒に育った。調べはついている」

「シモンの……？」

リーはしばらく茫然とこちらを凝視《ぎょうし》していたが、深呼吸してまっすぐ椅子に座り直した。

「……ネ……ネロさん。俺はしがない駆け出し魔導師だけど、友達を売るようなことは……」

「私はシモンを売れと言っているわけではない。シモンについて教えろと言っているだけだ」

「それ……何が違うんですか……？」

「全く違うぞ。友人を売るというのは裏切るという意味だろう。君はシモンを裏切る必要はない。奴について知っていることを話すだけでいい。もちろん奴には内緒でだ」

「……俺には同じに聞こえるんですけど……」

「気にするな。君の気のせいだ。基本料金の二十倍ではどうだ？」

「……す、す、すいません……駄目です……！　どんなに金を積まれても俺にはできません……！」

なんと。断る気か。あれほど震え上がっていたくせに。見かけによらず骨のある男らしい。

教会のベンチで作った杭《くい》で刺したとき、シモンが決してトニー・リーのことを話そうとしなかったのを思い出した。リーの方も同じということか。

無駄足だったか。仕方がない。他をあたってみるか……。

そのとき、外から木戸を敲《たた》く音がした。

「トニー！　俺だ。いま暇か？」

まさか……あの声はシモンか……？　映画を観にいったんじゃなかったのか……!?

トニー・リーはどうしたらいいか分からないという態《てい》で木戸とこちらとに交互に目を走らせている。

ネロは咄嗟《とっさ》に魔の法を起動してドアノブが動かないようにした。

「あれ？　戸が開かないな。トニー、居るんだろ？　開けてくれよ！」

「あ……ええと……うん……ちょっと待って……」

拙《まず》いことになったが、逆にこの状況は利用できるかもしれない。親友のトニー・リーにならシモンは本音を話すだろう。シモンが何を考えているのか知るチャンスだ。

ネロは《不可視》を起動して自分を透明にした。見ていたトニー・リーの丸い目がさらに丸くなる。

その目の前の空中に魔導師にしか視《み》えない文字を綴《つづ》った。準二級なら読める筈だ。

(私がここにいることは絶対口にするな。喋《しゃべ》れば後悔することになる)

リーがかくがくと頷く。セレマ準二級は嘘ではないらしい。透明のままテーブルの横をすり抜けてリーの背後に回り、ドアノブにかけた術を解いた。勢いをつけてシモンが入ってくる。

「やっと開いた！　この戸、ノブが悪くなってるぜ」

「あ……ああ。大家《おおや》に言っておくよ」

「何て顔してんだ？　トニー。幽霊でも見たみたいだぜ」

「そ、そうか……？　今日はなんか用か……？」

「なんだよ、おまえが心配してるんじゃないかと思って来たんだぜ。まあ、ホントは映画を観に行ったら物凄《ものすご》い行列で立ち見も無理って感じだったんでこっちに来たんだけどさ」

「……おまえが無事だって電報くれてたから大丈夫なんだとは思ってたよ……」

「ああ、そういえば電報打ったっけ。あんときはまだ首輪してたんだけどさ……」

言いながらネクタイを弛《ゆる》め、シャツの襟《えり》を開いた。

「じゃーん！　見ろよ！」

「首輪、外せたのか！　アンブローズ・ネロが外したのか……？」

「当然だろ。ネロにしか外せないって言ったのはおまえじゃないか」

「あ……言ったけどさ……どうやって外して貰ったんだ？　一生奴隷だって言われてたんだろ……」

「それは内緒。とにかく俺は奴隷から探偵助手に昇進したってわけ」

「首輪がなくなったのに、まだあそこで働いてるのか……？」

「住み込みだから四十五階の眺望絶佳《ぜっか》の部屋代がタダなんだぜ。それに食事が旨《うま》い」

「それは前から同じだろ」

「まあそうだけど、奴隷じゃないから気分が違うよ。それにさ、ネロはいい奴なんだ！」

「アンブローズ・ネロがいい奴……？　俺の聞いてる話と違うぞ……」

「みんな本当のネロを知らないからさ。俺は、ネロの正体を知ってるんだ！」

ちょっと待て、シモンの馬鹿めは喋《しゃべ》る気か……？

確かにはっきりと口止めはしなかったが、普通黙っているものだろうが……！

「ここだけの話なんだけど、ネロはさ………」

勿体《もったい》ぶって引き伸ばす。音を消す魔の法を発動しようとした瞬間、シモンはさらりと言ってのけた。

「正義の味方なんだよ！」

なんだと……？　口があんぐり開いた。何を言い出すんだ、シモンの奴……！

「あー、むしろホワイトヘヴンの守護者かな。悪い奴をやっつけて、街を守ってるんだ」

「ほんとかよ……？　じゃ、なんで誰も知らないんだ……？」

「それは、秘密にしてるからだよ。俺には教えてくれたけどさ」

ネロは身を隠したままひそかに歯噛みした。

教えてない！　そんなことは教えてないぞ！

悪人を狩るのは悪魔の餌《えさ》にするためだと説明した筈だ！

正義の味方だのなんだのは、おまえの勝手な想像だろうが……！

握りしめた拳《こぶし》が震える。だが、そんなことを知る由《よし》もないシモンは滔々《とうとう》と喋り続けていた。

「ネロはさ、すっごい物識《ものし》りなんだ。魔の法のことだけじゃなく、なんでも知ってるんだぜ。歩く百科事典っていうか、そんな感じ」

そう思うのはシモンが若くて物識らずだからだ。歩く百科事典だと？　長く生きていれば自然と知識の量は増える。それだけのことを大袈裟《おおげさ》に……！

「それに、ネロは頭もいいんだ！　俺が現場で見てきたことを説明しただけで殺人事件の犯人を当てたんだぜ。俺にはぜんぜん分かんなかった」

「殺人犯、捕まえたのか？」

「そう！　それだけじゃなく、そいつが監禁してた女の子を助けたんだ！　女の子の父親は泣いて喜んでさ……俺、思わず貰い泣きしちゃったよ」

本当に馬鹿じゃないのか？　スーザンを助け出したのはおまえだろうが！

だが、シモンは自分が何か特別なことをしたとは思っていない。だから忘れてしまう。

なんという天然。天然なのは生まれつきか、シモンの中の聖守護天使の影響なのか。たぶん、両方なのだろう。あのときちらりと視ただけだが、あの怠惰《たいだ》な天使はシモンと相性が良さそうだ。

「あいつってさ……乱暴だし、自己中で口が悪くて鼻持ちならない金持ちみたいに見えるんだけど、それは見せかけなんだ。ネロは、わざと人に嫌われるようにしてるんだよ」

「なんでだよ……？」

「シャイだからだよ」

危うく咽《む》せるところだった。気の毒なトニー・リーは、盛大に咽せている。

「大丈夫か？　トニー。そんなに咽せるほどのことじゃないだろ」

「……ほどのことだよ！」

「いや、ホントにシャイなんだよ、ネロは。百年くらい誰とも付き合ってないんだってさ」

「百年！　じゃ、ネロはヴァンパイアかも、って話は本当だったのか……？」

「違う違う、そのネタはガセだよ。ネロはヴァンパイアじゃない。長生きなのは本当だけどさ。どっちかっていうと……そうだな、天使みたいなもんだよ」

「天使……!?　アンブローズ・ネロが……？」

「うん、たまにそんな風に見えるんだ」

トニー・リーは茫然《ぼうぜん》となっている。こっちも同様だ。

シモンの馬鹿め……天使はおまえではないか！　私は悪魔なんだぞ！

頭に血が上って顔から火が出るかと思った。透明になっていてよかった。これ以上シモンの与太《よた》話《ばなし》を聞いていたら頭が変になりそうだが、一度姿を隠した手前、いまさら姿を現すこともできない。

そうだ。こっちの聞きたいことをリーに質問させよう。再び空中に文字を綴《つづ》る。

（リー、読めるな？　何故シモンが探偵助手になりたいと言い出したのか質問しろ）

トニー・リーが小さく、あ、と声をあげた。理解したらしい。

「どうかしたのか？　トニー」

「いや、何でも……！　その……おまえ、自分でネロの助手にしてくれって言ったのか……？」

よし、いいぞ、リー。その調子だ。

「そうさ。首輪を外して貰ったあと、自分で考えて決めたんだ」

「なんで……？」

「うーんと、うまく言えないんだけどさ……俺が出てったら、あのでかいペントハウスにネロと屍用《しよう》人《にん》だけになるんだ。ネロは金持ちだし、魔の法で何でも出来るから困らないだろうけど……でも、そういうのって、よくないと思うんだよ。ネロのそばには屍用人だけじゃなくて、誰か生きてる人間がいた方がいいんじゃないか、って思ったんだ」

思わずハッと息を呑んだ。シモンの馬鹿が……そんなことを考えていたのか……。

このアンブローズ・ネロの心配をするとは、百年早いぞ……。

「俺、ネロには何度も助けられたんだ。サツに間違ってパクられたときはネロが保釈金を払ってくれた。探偵なんてできるか分からないけどさ、いるだけなら俺にだってできるだろ。俺には住む場所と仕事が必要だったし、ネロには生きてる同居人が必要だ。ギブ&テイクってやつ」

「ギブ&テイク、か……」

「そう。それに、探偵って面白そうだろ？」

トニー・リーは深々と溜め息を吐いた。

「シモン。おまえって昔から突拍子《とっぴょうし》もないことをする奴だったけど……今回のは相当だぞ」

「そうか？　俺もやっぱりちょっと不安でさ……おまえに相談したかったんだ」

「なんか不安になるようなことがあるのか？」

「実はさ……助手になりたい、って言ったとき、最初は駄目だって断られたんだ。ネロはいろいろ理由をつけて断ろうとしたんだけど、俺は粘《ねば》りに粘ってついに採用に持ち込んだ」

「おまえの望み通りになったんじゃないか。なにが問題なんだ？」

「うん。誰か生きてる人間がいた方がいいとして、その誰かってのは俺じゃなくてもいいんじゃないか、もしかしたら俺以外の奴の方がよかったのかもしれない、って気がしてきてさ……。ネロは困ってる奴がいたら助けるんだよ。たまたま俺が宿無しで仕事無しだったから、仕方なく雇ったんじゃないか、って……」

シモンはスツールの上でもじもじと身体を左右に揺らした。

「なあ、トニー。俺って、迷惑だと思う……？」

馬鹿が……なんという馬鹿なことを考えるのだ……！

おまえ以外の誰が悪魔を飼う男と一緒に暮らせるというのだ……？

迷惑だと……？　シモンは誰とでもうまくやっていける。

うまくやっていけないのは私だ。悪魔を内に抱えた私なのだ。

トニー・リーは両腕を組んで考え込んでいる。

別に迷惑はしていない、と空中に綴ろうかと思った。だが、止めた。シモンなりに悩んで一番気心の知れた友人に相談に来たのだ。リー自身の答えでなければ意味がない。

「うーん……そんなことはないんじゃないかなあ……」

「そうかな……？」

「うん。おまえを迷惑に思うヤツってあんまりいないから。なんか気にならないっていうか……」

ネロは透明な姿のままひそかに胸を撫で下ろした。

幼なじみの親友だけあって、リーはシモンの性質をよく知っている。シモンはこの調子でしばしばここに来ているようだが、もちろんリーは迷惑に思っていないに違いない。

「これは俺の想像だけどさ……本当にアンブローズ・ネロがおまえの言う通りの奴だとしたら、はじめからおまえのことを気にかけてたんじゃないかって気がする。奴隷首輪をつけた理由、なにか思い当たらないか？　怒らせたってだけじゃなく」

「あー、実はさ……俺、あのときギャングの舎弟《しゃてい》になろうとしてたんだ。けど、ネロの奴隷ってことになったお陰でギャングとは縁が切れた」

「ギャング!?　シモン、おまえ、馬鹿だと思ってたけど、ホントに馬鹿だよ！」

「馬鹿は分かってるから何度も言うなよ……」

「何度でも言うよ！　だけど、やっぱりそれが首輪をつけた理由なんじゃないかなあ……ギャングと手を切らせるためさ。でなきゃそもそもペルデュラボーに住まわせたりしないだろ」

待て。ギャングと手を切らせるためなどと、いったいどこから考えついたんだ……？　首輪をつけたのは魔弾で狙撃《そげき》した罰だぞ。それと、シモンの奴がいろいろ謎だったたからだ。

だが、シモンはすっかりその説が気に入ったらしい。

「そうか……そうだよな……なんだかすっきりした！」

「あっ、いや、その、これは俺の考えだから本人にちゃんと訊いた方が……」

「大丈夫、おまえの言うことはいつだって間違いないさ。やっぱりおまえに相談してよかったよ」

トニー・リーの肩がぴくぴく動く。こちらを振り返りたくて仕方がないのだ。

（振り返るんじゃない。どうせ視えない）

空中に文字を綴るとリーは小さく息を呑み、椅子の上で居住まいを正した。

「サンクス、トニー。今日はもうそろそろ帰るけど、こんどネロを紹介するからさ」

「えっ……その……俺は……」

「遠慮するなって！　見た目が怖いだけで、ホントにいい奴だからさ。じゃあな！」

手を振ってシモンがブースを出て行き、リーが風船の空気が抜けるような溜め息を吐く。

ネロはシモンが路地の角を曲がるまでを魔の法で追跡してから《不可視》を解いて姿を現した。

「リー君。うまくシモンに気取られず乗り切ったな。褒めてやる」

「そ、そこにいたんですか……ぜんぜん視えませんでした……」

「当たり前だ。私の術が君に見破れると思うのか？」

「いえ！　そういう意味じゃ……あの……シモンについて聞きたいことって……」

「もういい。これは今日の相談料だ」

札入れから百ダレル札を抜いて埃《ほこり》っぽいテーブルクロスの上に置く。リーの視線が百ダレル札に落ち、それからゆっくりこちらを見上げた。

「あのう……ネロさん……」

「釣りはいらん。とっておけ」

「そうじゃなくて……その……シモンは、馬鹿だけどいい奴なんで……」

「だからなんだ」

リーがテーブルに額《ひたい》を擦《こす》り付《つ》けるように深々と頭を下げる。

「……あいつを、よろしくお願いします……！」

馬鹿め……。

トニー・リーとシモンは似た者同士だ。馬鹿で、お人好しだ。

「ひとつ言っておくが、私はシモンをギャングから足抜けさせるために首輪をつけたわけじゃないからな。結果的にそうなっただけだ。間違えるな」

リーはそろそろと頭を持ち上げた。丸目玉が不思議そうにネロを見つめている。どうやら、こちらの言うことに疑いを抱いているらしい。

「もちろん私は正義の味方でも、シャイでも、天使でもない。分かっているだろうな、リー君」

「は……はい……！」

「よろしい。今日のことは他言無用だ。特にシモンには絶対に言うんじゃないぞ」

◆◆◆

ネロは《ファントム》へと急いだ。一足先にリーのブースを出たシモンは高架鉄道と地下鉄を乗り継いで来る筈だ。寄り道しないで戻るとしても地上を車で走る方が速い。《ファントム》をペルデュラボーの駐車場にいれ、大急ぎで四十四階に直行する。シモンはまだ帰っていない。こっちの勝ちだ。

デスクで新聞を広げてほどなく、シモンの声が事務所に響いた。

「ただいま、ネロ」

「……早かったな。映画はどうだった」

「うーんとさ……すごく混んでて入れなかったんだ。そこらへんをぶらぶらしてきた」

「それは残念だったな」

「まあね。空《す》いた頃にまたいくからいいさ」

シモンは来客用のソファに脚をのばして座った。

「あのさ……ネロ」

「なんだ」

「ちょっと訊いてもいい？」

「まず言ってみろ。いいかどうかは聞かんと分からん」

「あー、そうか……そう言われると言いにくいな……」

「聞いてみると言ってるんだ。勿体《もったい》をつけずにさっさと言え」

「……それじゃ、訊くよ。俺が助手になってから事件もないし、スクラップする記事もないし、何の仕事もしてないだろ。俺、ここに居ても邪魔なだけなんじゃないかなあ……って思ってさ。もしあんたが迷惑だっていうんなら……」

「迷惑だったら私が我慢していると思うか？」

「あー……そうだよね……」

迷いの滲《にじ》む声は、天然のシモンらしくない。

新聞の陰からちらりと覗いた。思いのほか真剣な表情で俯《うつむ》いている。

なんだ。トニー・リーと話をして納得したのではなかったのか。面倒くさいやつめ。

新聞を読むふりをしながら続けた。

「……まだ言っていなかったから言っておく。おまえがいることで私には私の得るものがある。おまえはおまえの得るものがあるだろう。ギブ＆テイクだ」

「本当……？」

「私は嘘は言わん。おまえがいると退屈しないで済む。ミセス・モローは有能だが、話し相手としては少々退屈だからな」

「そっか……それならいいんだ」

シモンはほっとしたように笑った。突き抜けた青空のような笑顔だった。

「俺、ちょっと心配だったんだ。助けてもらった恩返しがしたかったのに、反対にあんたに迷惑かけてるんじゃないか、ってさ……」

「馬鹿のくせに、くだらん心配なんぞするな」

ギブ＆テイク。自分がシモンに与えたものと、シモンがここにいることで自分が得ているもの。

そのどちらが大きいかは、明らかだ。

「こんどさ、俺のダチをあんたに紹介したいんだけど、いいかな。駆け出しの魔導師なんだ」

「ああ、別に構わん」

「ホント？　あいつきっと喜ぶよ。魔導師界じゃあんたは有名人だっていうからさ。俺、あいつには迷惑かけてばっかりだし、たまには埋め合わせをしたいんだ」

「その友人は、おまえを迷惑だと思ってはいない筈だ」

「えっ、どうして分かるんだ？」

テーブルに額を擦り付けてシモンをよろしくお願いします、と言った若い魔導師の顔が脳裏《のうり》に浮かぶ。そのうえ、あの若者はいくら金を積まれても友達を売ることはできない、と言ったのだ。

まったく、シモンは良い友に恵まれている。

「それくらい私に分からないと思うのか？」

紹介されたトニー・リーがどんな顔をするか楽しみだ。ちゃんと初対面のふりができると良いのだが。

あとがき

こんにちは。縞田理理《しまだりり》と申します。この物語を創《つく》りました者でございます。

ネロとシモンの活躍、お楽しみ頂けましたでしょうか。

この物語は世界観よりキャラクタが先に決まりました。打ち合わせのとき担当さんから「影のある美形キャラって良いですよね！」という台詞《セリフ》が飛び出し、影のある美形って……と考えているうちにネロのキャラが出来たのです。キャラ造形で悩むことが多い私には珍しくすんなり決まりました。

このキャラのためにアンブローズ・ネロという名前を思いついたとき、被《かぶ》りがないか大急ぎで検索しました。人名には著作権がないので被っても別に構わないのですが、主役が有名キャラとうっかり被ったりすると恥ずかしいので一応確認します（たまに、過去に自分が使ったのを忘れていて駄目になることとも。脇キャラ含めるとかなりの数を使っているので……）。

幸いなことに「アンブローズ・ネロ」は検索に出ませんでした。少なくとも日本語検索の上位頁《ページ》では。小躍《こおど》りしたくなりましたよ。なんという僥倖《ぎょうこう》！　キャラクタの名前というのは創作上とても重要で、ぴったりのネーミングが出来るとその人物が浮き上がってくるのです。

「アンブローズ」という名は悪魔の辞典の作者アンブローズ・ビアスで有名ですが、その名の意味は「不滅」です。そして「ネロ」の意味は黒。まさに『彼』のための名ではないですか。

シモン君の方は魔術師シモン・マグスから。シモン君は魔の法が使えないので皮肉なネーミングですが、彼の謎を考えればシモン君の力はシモン・マグスをも凌駕《りょうが》するかもしれません。

この二人に姿形を与えて下さったのは如月弘鷹《きさらぎひろたか》先生です。最初にネロとシモンのキャララフを拝見したとき、担当さんと「カッコいいですね——！」の大合唱になりました。

本当にカッコいいのです……！　そして完成した絵の素晴らしさときたら……！

如月先生、ありがとうございました！


物語の舞台となっている魔都ホワイトヘヴンは一九三〇年頃のニューヨークがモデル。アールデコ全盛期のニューヨークの豪華でどこか妖しい雰囲気は、魔法が日常的に使われる街に相応しいと思いました。ちなみに、ネロのペントハウスのある『ペルデュラボー・アパートメント』はセントラル・パークに面した『マジェスティック・アパートメント』という建物がモデルになっています。

さて。この物語はこれでお仕舞いということになります。

ですが、ネロとシモンの二人はこれから先もずっとホワイトヘヴンで探偵事務所を営《いとな》んでいくはずです。なんといっても不死なのですから。

それでは、いつかまたどこかの世界でお会いすることを祈りつつ。

二〇一七年三月吉日　縞田理理　拝

この本を読んでのご意見、ご感想などをお寄せください。
縞田理理先生・如月弘鷹先生へのはげましのおたよりもお待ちしております。
〒113-0024　東京都文京区西片2-19-18　新書館
【編集部へのご意見・ご感想】小説ウィングス編集部
【先生方へのおたより】小説ウィングス編集部気付　○○先生

【初出一覧】
不死探偵事務所：小説Wings'16年夏号（No.92）～'16年秋号（No.93）
ギブ&テイク：書き下ろし

不死探偵事務所

初版発行：2017年4月10日

著者　縞田理理 ©Riri SHIMADA

発行所　株式会社新書館
［編集］〒113-0024　東京都文京区西片2-19-18
電話(03)3811-2631
［営業］〒174-0043　東京都板橋区坂下1-22-14
電話(03)5970-3840
［URL］http://www.shinshokan.co.jp/

印刷・製本　加藤文明社

ISBN978-4-403-22111-8